열네 살 푸른 가슴

열네 살 푸른 가슴
허만길 지음

초판 인쇄 | 2007년 06월 01일
초판 발행 | 2007년 06월 04일

지은이 | 허만길
펴낸이 | 신현운
펴낸곳 | 연인M&B
디자인 | 이희정
기 획 | 여인화
등 록 | 2000년 3월 7일 제2-3037호
주 소 | 143-874 서울특별시 광진구 자양동 680-25호(2층)
전 화 | (02)455-3987, 3437-5975 팩스 | (02)3437-5975
홈주소 | www.yeoninmb.co.kr
이메일 | yeonin7@hanmail.net

값 10,000원

ISBN 89-89154-83-9 03810

허만길 선생님이 청소년들에게 전하는 푸른 꿈, 푸른 희망 ✳

열네 살
푸른 가슴

허만길 지음

알아야 하고, 접해야 하고, 얻어야 할 것도 너무 많다. 행동해야 하고, 사색해야 하고, 머물러야 하고, 쏜살같이 달려야 할 것도 너무 많다. 바람소리에만 기를 기울여서도 안 된다. 별빛을 타고 은하수에 닿으려는 올빼미의 고독한 외침을 함께 몸부림할 줄도 알아야 한다. 우주의 가장 깊은 곳을 느끼고, 하늘의 가장 높은 곳을 만지고, 하잘것없다고들 하는 먼지 하나하나의 미세한 본질에도 애정을 기울여야 한다. 어쨌든 모든 것을 꿰뚫는 가장 심오한 진리를 껴안아야 한다. 바깥에서만 찾으려 해서도 안 되고, 안으로 나를 탐구하는 데 소홀해서도 안 된다.

연인M&B

인생을 시작하는 어린 시절은 그 나름으로 뜻있는 인생이면서, 평생의 꿈이 도사리는 보금자리이다.

나는 지난날의 인생을 더듬어 보는 과정에서 내가 태어나기 전, 곧 나의 기억 이전에서부터 시작하여 열네 살 시절까지를 정리해 보았다. 역경을 극복해 가는 순진한 열정과 무지개보다 더 멀고 더 찬란한 이상을 추구하려는 열망이 아로새겨진 나의 어린 시절이었다.

일제 강점기에 항일 활동을 한 나의 아버지는 봉건과 보수성이 강한 가난한 농촌 선비 집안의 둘째 아들로 태어났다.

나의 아버지는 1929년 경남 의령군 칠곡면에서 가장 먼저 상투머리를 잘랐다. 소학교 교장을 찾아가 소학교에 야학 과정 설치를 건의하고, 친구들을 모아 1929년 11월부터 1931년 5월까지 2년 6개월간 야학 과정을 공부하였다.

1936년 경남 진양군 집현면과 도동면 공동 관할에 속하는 장재못에 양수기(물 끌어올리는 기계)를 설치하였는데, 가동 단계에서 주재소 일본 경찰관의 고의적 방해와 조선인이라며 모독하는 것에 분개하여 일본 경찰관과 격투하여 2개월간 진주에서 구치소 생활을 하였다.

아버지는 1940년 4월 일본의 군수물 공장 오사카의 '아사히 철공소' (朝日鐵工所)에서 '고야마'(湖山)로 불리며 일하다가 '아사히 철공소 조선인 화친회'(和親會)를 조직하여 회장직을 맡고, 1940년 한겨울 동맹 파업을 벌여 군수물 공장 가동을 멈추게 하였다. "조선인이 동맹으로 아사히 군수 공장의 불을 끄다. 주모는 조선인 화친회 회장 고야마(湖山)" 등의 제목으로 일본 여러 신문에 기사화되고, 밤중에 체포되어 경찰서로 호송되는 도중 형사들과 격투 끝에 탈출하였다.

아버지는 1943년 9월 일본 교토부에서 강제 징병되었다. 시카경 훈련소에서 훈련을 받다가 이질을 앓아 병실에서 치료를 받으면서 군의관 우두머리 군의장과의 꾸준한 토론 끝에 일제의 한국 침략의 부당성을 감동적으로 일깨우고, 그 군의장의 도움으로 5개월 만에 병역 해제증을 받고 귀가하였다.

아버지 삼 형제 가운데 아들로서는 혼자뿐인 나는 1943년 3월 일본 교토부(京都府) 오큐보(大久保)에서 태어났다. 태어난 지 1년 4개월 만에 조국으로 돌아와 경남 의령군 칠곡면 도산리에서 '세 집 외동아들'이라는 별명을 들으며 자랐다.

가난한 가운데 3살 때부터 서당에 다니고, 고향에서 초등학교를 마친후 경남 진주시 진주중학교에서 어려움을 이겨내며 공부를 했다.

비가 내리면 구멍이 송송한 양철 지붕에서 세 든 방 안으로 물이 쏟아지기도 했다. 그러나 나는 고난도 시련도 나의 인생임을 마음에 새기면서, 열심히 일하고 열심히 공부했다.

중학교 3학년 때에 학교 도서관이 처음 생기면서 나는 도서위원장을 맡아, 책의 단비를 맛보았다.

중학교 졸업 직전 고등학교 입학 최종 모의시험에서 나는 8학급 약 470명 가운데서 1등을 하여, 졸업식에서는 선생님들의 성금으로 시상하는 영예로운 '학업 장려 직원상'을 수상하였다. 우등상, 도서위원장으로서의 공로상, 1년 개근상, 3년 개근상을 받아 졸업식장은 나의 이름이 익숙했다. 연구부 선생님들이 별도로 준 졸업 선물 책에는 "축 졸업. 허만길 군의 성실한 인간성을 이 책자로써 기림"이라는 글이 씌어 있었다. 가족은 물론 동네 사람들이 한없이 기뻐했다.

그러나 나는 대학 진학을 전제로 한 인문 고등학교로 진학할 것이냐, 국비 장학금을 받으며 공부하는 고등학교 과정 사범학교에 진학하여 초등학교 교원이 될 것이냐는 진로 문제는 많은 사람들의 관심을 불러 일으키며 고민하여야 했다.

게다가 어린 시절부터 운명처럼 나를 맴돌던 인생과 우주의 근원적인 문제와 관련되는 의문의 회오리가 강하게 몰려오기 시작했다.

열네 살 가슴은 현재를 살며 미래를 바라보는 정열이 푸르게 불탔다. 현실을 살며 진리와 이상을 추구하고 구현하려는 갈망이 푸르게 벅차 올랐다. 열네 살 가슴을 숨김없이 열어젖히고, 무한한 우주와 무한한 미지의 근원을 찾아 밝히기 위해 푸르게 달려가야 했다.

2007년 5월 5일
허만길 적음

| 차례 |

*열네 살 푸른 가슴

✱ 10대들의 애송시

몰래 불타는 가슴 아침 해는 알아줄까,
새벽 안개 헤치며 산등성일 올랐어요.
루비보다 영롱한 햇살 상쾌는 하나,
정열도 아픔도 가눌 길은 없어
풀잎 이슬 볼 부비며 날 달랠밖에.
소나기, 소나기, 소나기는 어디메.

몰래 애타는 마음 노을은 알아줄까,
파란 풀밭 석양 혼자서 걸었어요.
겉으로 타드는 저녁놀 시원은 하나,
젊음도 고독도 재울 길은 없어
어둠 속 밀어 찾아 날 헤맬밖에.
소나기, 소나기, 소나기는 어디메.

꽃과 가을이 주는 말을

허만길

햇살 보드라운 잔디에 앉아
장미를 말할 적에
장미는 인생을 붉고 아름답게 살라 했지.

등나무 그늘에 앉아
라일락을 말할 적에
라일락은 인생을 향긋하고 푸르게 살라 했지.

소나무 가지에 기대어
단풍잎 가을을 마실 적에
가을은 인생을 강하고 황홀한 결실로 살라 했지.

아픔 같은 밤을 근근이 걸어
그대 진초록물만 출렁이는 꽃병을 들었기에
나는 장미도 라일락도 가을도 전하면서
달맞이꽃, 해바라기도 분명히 건네었지.

10대의 그날들

허만길

몰래 불타는 가슴 아침 해는 알아줄까,
새벽 안개 헤치며 산등성일 올랐어요.
루비보다 영롱한 햇살 상쾌는 하나,
정열도 아픔도 가눌 길은 없어
풀잎 이슬 볼 부비며 날 달랠밖에.
소나기, 소나기, 소나기는 어디메.

몰래 애타는 마음 노을은 알아줄까,
파란 풀밭 석양 혼자서 걸었어요.
겉으로 타드는 저녁놀 시원은 하나,
젊음도 고독도 재울 길은 없어
어둠 속 밀어 찾아 날 헤맬밖에.
소나기, 소나기, 소나기는 어디메.

초여름이 설레면

허만길

새푸른 강둑길
초여름이 설레면
꽃잎에 묻은 하얀 미소처럼
삶은 언제나
새로운 가슴으로 산다는 것을 안다.

새푸른 강둑길
초여름이 설레면
적서 오는 강물의 깊은 영혼처럼
삶은 언제나
새로운 무게로 산다는 것을 안다.

해는 점점 타고
별은 점점 정답고
딸기는 멀리서도 익고
삶은
땀이며 애정이며 정열임을 안다.

새푸른 강둑길
초여름이 설레면

밤에 울어도 지치지 않는
부엉새처럼
삶은 언제나
아픈 그리움이며
시작하는 절규임을 안다.

미루나무 젊음

허만길

햇살 가득 미루나무 둥지는
가슴과 가슴 만나던 보금자리.
턱 괴고 엎드려 우리 젊음 넘실이면
힘찬 날갯짓 산새는 하늘 솟았지.
사랑도 괴로움도 찐한 설렘이었어.
오늘은 외로운 비, 너의 미소 거기 맴돌려나.

별빛 가득 미루나무 둥지는
인생과 인생 만나던 보금자리.
뜨거운 대화 다정한 우정 자꾸 쌓이면
허공 속 인생 그림 향기도 물씬했지.
사랑도 괴로움도 찐한 설렘이었어.
오늘은 외로운 비, 너의 미소 거기 맴돌려나.

열다섯 살 푸른 맹세

허만길

새하얀 달빛
가슴 터지도록 다정한데,
열다섯 살 애타는 마음
밤마다 서성입니다.

북극성 너머
푸른 별 하나도
밤마다 잠을 이루지 못합니다.

젊음은 젊음은
피끓는 열다섯 살 젊음은
차가운 겨울 하늘도 뜨거운
불타는 젊음입니다.

열다섯 살
애타는 푸른 꿈을
나는 수도 없이 맹세합니다.
나는 수도 없이 맹세합니다.

나눔의 정

허만길

정과 정을 나누면서
네 속에 내가 웃고
내 속에 네가 웃는 걸 알았지.

정과 정을 나누기 전에는
너는 저쪽에서 혼자 떨고
나는 이쪽에서 혼자 떨었지.

정과 정을 나누면서
너는 내 속에서
울면서도 행복하고
나는 네 속에서
괴로우면서도 행복했지.

너의 정, 나의 정 나눔 속에
너와 나는 춥지가 않았지.
세상은 어디나 용기가 살아 있었지.
세상은 어디나 무지개로 황홀하였지.

당신이 비칩니다

허만길

푸르른 유월 나무 잎새 위로
해가 비칩니다.
곱고 빛나는 해가 비칩니다.

당신의 행복이 다가오듯
곱고 빛나는 해가 비칩니다.

당신이 비칩니다.

너의 추억

허만길

너와 내가 자주 찾던 레스토랑엘 갔었지.
빗속 혼자 거닐다 네가 그리웠던 거야.
우리를 바라보던 수채화 그 소녀가 쓸쓸했어.
촉촉하던 너의 미소 지금은 간 데가 없네.
안녕이란 너의 말이 믿기지 않던 거야.
안녕이란 너의 말이 믿기지 않던 거야.

너와 내가 마주 앉던 커피숍엘 갔었지.
어제처럼 너의 모습 그 자리에 있을까고.
우리를 지켜보던 그날 밤 그 촛불이 외로웠어.
촉촉하던 너의 눈빛 지금은 간 데가 없네.
안녕이란 너의 말이 믿기지 않던 거야.
안녕이란 너의 말이 믿기지 않던 거야.

우정의 자리

허만길

내 사랑하는 친구와 물가에 앉을 적
새들은 맑은 노래, 꽃잎들 생글였네.
다정한 그대 모습, 변치 않을 우리 우정
쪽빛 고운 물에 맹세로 감돌았네.
오늘 그 얼굴 못 잊어 강물만 사랑하네.
오늘 그 얼굴 못 잊어 강물만 사랑하네.

내 사랑하는 친구와 오솔길 걸을 적
솔바람 상쾌히 날고, 향내는 어울렀네.
다정한 그대 모습, 변치 않을 우리 우정
은빛 하늘가에 맹세로 사무쳤네.
오늘 그 얼굴 못 잊어 강물만 사랑하네.
오늘 그 얼굴 못 잊어 강물만 사랑하네.

부르고 싶은 이름이 있다면

허만길

외로워 못 견디도록 부르고 싶은
다정한 이름이 있다면
너는 너무도 행복한 사람임을 알라.

그 사람이
너의 가장 그리운 사람임을
그가 모른다 해도
불러 보지 않고는 잠들 수 없는
다정한 이름을
눈물겹도록 고이 간직하고 있다면
너는 아무리 어두운 세상에서도
너무도 행복한 사람임을 알라.

오늘 밤은 유난히
달이 밝고
별이 빛나도다.

지금 너의 마음이 텅 빈 듯이
아프고 쓸쓸하다면,
지금이라도 늦지 않나니,

너의 가장 다정한
한 사람의 이름을
달빛에 찾아보고
별빛에 새겨 보려무나.

오늘 밤만이 아니라,
먼 어느 날
너의 세월이 한없이 괴롭고 쓰릴지라도
그 이름 꿈속에서도
사뿐사뿐 친구가 되고
행복이 되고
감미로운 사랑이 되어 다가올지니.

＊열네 살 푸른 가슴

알아야 하고, 접해야 하고, 얻어야 할 것도 너무 많다.
행동해야 하고, 사색해야 하고, 머물러야 하고,
쏜살같이 달려야 할 것도 너무 많다.
바람 소리에만 귀를 기울여서도 안 된다.
별빛을 타고 은하수에 닿으려는
올빼미의 고독한 외침을 함께 몸부림할 줄도 알아야 한다.
우주의 가장 깊은 곳을 느끼고,
하늘의 가장 높은 곳을 만지고,
하잘것없다고들 하는 먼지 하나하나의 미세한 본질에도
애정을 기울여야 한다.
어쨌든 모든 것을 꿰뚫는 가장 심오한 진리를 껴안아야 한다.
바깥에서만 찾으려 해서도 안 되고,
안으로 나를 탐구하는 데 소홀해서도 안 된다.

✳ 아버지의 권학가

나는 먼저 내가 태어나기 전의 일부터 적어 보기로 한다.

나의 아버지(허찬도 許贊道)는 일본이 조선을 강제 합방을 하기 1년 전 1909년 6월 17일 봉건과 보수성이 강한 가난한 농촌 선비 집안의 둘째 아들로 태어났다.

큰아버지는 한학과 한시에 능통하였지만, 아버지는 서당에도 제대로 다니지 못했다.

아버지는 공부를 많이 하지는 못해도, 나라 잃은 백성의 설움을 뼈아프게 생각했다. 백성들이 무지하고 가난하고 일제에 온갖 것을 빼앗기기만 하면서 황당하게 살아가는 것에 의분을 지니며 자랐다.

10살 되던 해 기미년 3.1운동 때에는 어른들 속에서 "독립 만

세!"를 외쳤다. 일본 순사가 겨누는 총 앞에서 나의 할아버지와 작은할아버지는 주재소(일제 강점기에 경찰의 말단 기관)로 끌려가고 아버지는 몸을 간신히 피하였다.

가뭄이 지독하던 기사년(己巳年, 1929년), 아버지는 스무 살 여름에 부산으로 세상 구경을 갔다. 부산에서 무료 이발관에 들러 상투머리를 스님 머리처럼 깎았다. 경남 의령군 칠곡면에서는 제일 먼저 상투머리를 잘랐다. 아버지는 고향 집에 들어서자마자 잘라 버린 상투머리 때문에 저녁 식사를 하던 할아버지가 던지는 화롯불에 심한 화상을 입어야만 했다.

아버지는 진취성 없이 완고와 폐쇄와 보수성만으로는 아무리 양반을 외치고 일제를 미워한들 실효가 없다는 것을 깨달았다. 무엇을 하든 알아야만 하고, 알자면 배워야만 한다는 것을 깨달았다.

아버지는 "마음이 있으면 길이 있을 것입니다."라는 어머니의 말에 힘을 얻었다.

칠곡면에는 1922년 5월 6일에 개교한 4년제 칠곡공립학교(소학교)가 있었다. 1926년 3월 23일에 41명의 첫 졸업생이 나왔다.

학교 교원과 면사무소 서기들은 한 달에 한두 번씩 합동으로 동네를 찾아다니며 어린이와 젊은이가 소학교에 입학할 것을 계몽했다.

그러나 부모들은 한결같이 소학교가 사람을 그르치게 하는 곳이라며 자녀들을 요리조리 숨겼다. 서당에서 하는 공부만이 참된 공부이고, 신식 공부는 공부가 아니라고 여겼다. 그나마 서당 공부를 하는 사람들은 주로 가정의 장남들이었다.

서당 공부를 제대로 하지 못하는 사람들 가운데는 소학교에라도 다니고 싶은 생각을 지닌 사람도 있었다.

나의 아버지는 어머니와 이야기를 나누면서, 소학교에서 야학(밤공부)을 차려 주기만 하면 참 좋겠다는 생각을 했다. 아버지는 야학에 다닐 사람들이 많이 있으면 소학교에서도 그냥 넘어가기 어려울 것이라는 생각을 했다. 그래서 아버지는 이 동네 저 동네를 다니며 야학에 다니고 싶어하는 사람들을 알아보았다.

1929년 11월 초순이었다. 보리갈이도 거의 끝나고 농촌의 일도 그 고비를 숙이기 시작했다. 아버지는 어느 날 저녁 각 동네 야학생(밤공부꾼) 모집 책임자를 소학교 옆 주막집에서 만났다. 희망자가 30여 명이었다.

이튿날 그들은 소학교 사무실로 갔다. 문을 열자, 바로 맞은편에 까만 제복 차림의 일본인 교장이 앉아 있었다. 다른 책상들에는 젊은 두 교사가 사무를 보고 있었다. 머리에 새치가 희끗희끗 섞여 있는 교사가 설 선생이고, 키가 작은 교사가 우 선생이라는 것은 이미 아는 바였다.

그들 앞선이들은 두 젊은 교사에게 공손히 인사를 했다. 책을 읽고 있는 교장에게도 정중히 인사했다.

설 교사와 우 교사는 옆의 의자를 끌며 그들이 앉기를 권했다.

"오늘 저희들이 이렇게 소학교를 찾게 된 것은, 저희들의 안타까운 부탁을 선생님들께서 들어주십사 하는 마음에서입니다."

하고, 나의 아버지가 말했다.

"무슨 부탁이신지 말씀해 보십시오."

"구학을 배우려 해도 저희들의 사정은 그럴 형편을 허용하지 않고, 신학을 배우려 해도 나무를 찍고 농사를 돌보아야 하므로, 소학교에 나올 여유가 없답니다. 그렇지만, 배워야겠다는 꿈만은 아주 뜨겁게 지니고 있습니다.

저희들은 낮엔 비록 일을 할지언정, 밤에라도 배울 수 있는 기회가 있을까 하고 이렇게 찾아왔습니다.

그동안 저희들은 밤에 공부를 하고자 하는 뜻있는 젊은이들을 조사해 보았습니다. 약 서른 명이 희망하고 있었습니다. 선생님, 좋은 방법이 없겠습니까?"

나의 아버지는 간곡한 투로 말했다.

두 교사는 일본인 교장과 의논을 했다.

"교장선생님은 여러분의 기특한 뜻을 위해 학교에 곧 야학을 세우시겠답니다."

"월 수업료는 어느 정도로 납부하면 되겠습니까?"

"수업료는 걱정하지 않아도 좋습니다. 학교 내에서 예산을 충분히 마련할 수 있습니다. 다만 교과서 대금과 석유 값만 여러분들이 준비할 수 있으면 좋겠습니다."

그로부터 5일 뒤에 야학 공부는 시작되었다. 아버지는 스무 살에 소학교 신식 공부를 하게 된 것이다.

모두 서른여섯 명의 학생이 모였다. 나의 아버지는 그들을 대표하는 급장으로서 일했다. 저녁밥을 먹고 나면 누구보다도 먼저 교실로 달려가 램프 불을 밝혔다. 제일 마지막에 나오며 그 불을 끄기도 했다.

가끔 일본인 교장이 공부하는 장면을 둘러보았다. 교장은 지도하는 교사를 통해,

"오늘도 부지런히 공부하십시오. 배우지 못하는 다른 친구들을 많이 데려오십시오."

라는 말을 남기곤 했다.

아버지는, 어린 링컨이 십오 리나 되는 학교 길을 다녔으며, 연필과 공책을 살 수 없어서 넉가래와 나뭇조각에다 숯으로 글씨

연습을 했다는 걸 읽고 많은 감명을 받았다.

이때까지 무심히 여겨 왔던 '공기'가 무엇이며, 부산 부둣가에서 까맣게 몸 적셨던 그 석탄이 어떤 과정으로 생성된 것인가를 비로소 알았다. '박테리아'의 성질과 그것이 인체에 감염되어 어떻게 우리 몸을 해치는가를 배웠다. 다윈의 '진화론'을 먼 빛으로나마 음미할 수 있었다. 신선한 매력과 감각을 풍기는 공부들이었다.

밤마다 몰래 야학에 다니던 아버지는 여섯 달이 지난 이듬해 봄에는 결국 나의 할아버지에게 들키고 말았다.

"신식 공부가 옳은 공부인 줄 알고 그런 델 나간단 말이냐? 왜놈이나 상놈들이 개화니 뭐니 하면서, 늘어놓은 쓸데없는 글을 공부로 생각하느냐 말이다. 거기에 예법이 있어? 성현의 행실이 있어? 그리고 국문은 하루 아침이면 다 배울 수 있는 글이란 말이야. 그런 곳에 나가지 않아도 집안에서도 충분히 공부할 수 있어. 왜놈 글은 아예 배울 생각도 말아야 할 게 아니냐?"

"아버지, 그게 아닙니다. 야학에 왜놈 짓이나 상놈 짓을 배우러 나가는 게 아닙니다. 야학에서는 종자를 어떻게 잘 싹트게 하고, 거름을 어떻게 잘 장만할 것인가 하는 농사법을 배웁니다. 천체의 움직임과 조선 지리와 조선 역사를 통해 우주와 인간을 밝게 공부합니다. 숫자와 도량형의 사용법과 빠른 계산법을 배웁니다. 그리고 동양이나 서양의 훌륭한 사람들의 행실과 행적도 공부합니다. 이렇게 야학에서는 인간 생활에 긴요한 정신과 일을 배우게 됩니다."

"그래, 하나만 알고 둘은 모르는 바보 같은 소리를 작작 늘어 놓는구나. 밖으로야 무엇도 가르치고 무엇도 가르친다지만, 그 속은 그렇잖은 거야. 어디 봐, 무엇도 배우고 무엇도 배우는 가운데 제사 지방 쓰는 법을 배운 일 있어? 있으면 있다고 해 봐. 그러니 그런 곳에는 통째 가까이 가지도 말아야 하는 법이야."

그러나 아버지는 그날 저녁에도 부엌 옆 샛길을 빠져 학교로 갔다. 마음먹은 공부를 중단해야겠다는 생각은 추호도 없었다.

아버지는 역사 시간을 퍽 기다렸다. 조선 역사에 대해 아직 들은 적이 없고, 또 일본 사람들이 앞으로 더더욱 안 가르칠지 모를 일이었다.

"우리 배달 민족은 지금으로부터 사천여 년 전 하늘 임금이신 환인의 아들 환웅께서 이 세상에 내려와 낳으신 단군 임금에 의해 처음 나라를 가지게 되었습니다.

우리 배달 나라는 이런 오랜 나이를 지녀온 세계에서도 보기 드문 역사 깊은 나라입니다. 우리 배달 민족은 그 옛적부터 착하고 점잖고 덕 높기로 이름 있어, 그것이 이웃 중국 나라에까지 알려져, 중국 사람들도 이를 몹시 부러워했습니다."

아버지는 교사의 이와 같은 가르침에는 다른 어떤 시간보다도 귀를 기울여 들었다.

조선 시대의 역사를 공부하면서 일본에게 나라를 빼앗기게 된 것을 새삼 뼈아프게 생각했다.

"신라 시대는 화랑 정신을 비롯해 민족 자주 정신이 매우 또렷하여 김유신, 김춘추 장군 등이 중심 되어 삼국을 통일하고, 남의 나라에서 갖은 형세를 부리던 당나라 군사도 가뜬히 물리쳤습니다. 뿐만 아니라 신라 시대에는 화백 제도가 있어, 민주스런 방법으로 국왕을 선거하고 나라의 중대사를 마음 모아 의논하였습니다.

그러나 조선 시대에는 지나치게 중국을 높이고 유교를 숭상하여 실속 없는 헛된 일에만 얽매였습니다. 세종 임금이 발명한 훈민정음과 측우기, 이순신 장군이 만든 거북선 같은 훌륭한 것이 있었으나, 그것을 이용하고 발전시키는 데 힘쓰지 않았습니다. 사색 당쟁에 빠져 서로 헐뜯고 미워하는 데만 정신을 쏟아, 마침내는 임진왜란을 당하고 백성은 가난과 슬픔에서 허덕였습니다.

이러한 일은 대한제국 말년에까지 계속되어 벼슬아치들은 자기 이익에만 눈이 어두워 백성들의 아우성과 소망은 멀리 두고, 게다가 세계의 형편에도 잘못 빠져 반만년의 역사를 지닌 우리 민족은 그만 캄캄히 눈물을 머금고 말았습니다. 우리의 역사를 통하여 이처럼 허술하고 가장 서럽기는 바로 이 조선 시대라 하겠습니다."

교사는 처량한 목소리로 학생들에게 이야기했다. 그리고 그 이후의 조선 역사에 대해서는 더 말하려 들지 않았다. 다만 시선을 허공에 띄우며, 의미심장한 표정을 지을 뿐이었다.

예정했던 야학도 끝나게 되었다.

1931년 5월이었다. 밖에는 달빛이 밝았다. 교실 안에서는 36명 중 종착역까지 달려온 15명의 얼굴들이 2년 6개월간의 공부를 마치고 수료증을 받고 있었다.

마지막으로 학생들은 '권학가'를 입을 크게 벌려 불렀다.

권학가

공부할 날 많다 하고 믿지 마시오.
무정 세월 살과 같이 지나가나니,
청년에 닦던 학업은 장래의 기축(基軸)이로다.
청춘에 학문을 힘쓰지 않고
백발에 한탄을 어찌하리요.

교장과 두 교사는 교무실을 나서는 수료생들에게 일일이 축하의 악수를 했다.

아버지는 집에 돌아와서도 잠을 이룰 수가 없었다. 꼬집을 수 없이 가슴을 저미는 무엇에 몸을 뒹굴어야만 했다. 지게문에 비치는 달빛을 향해 몇 번이고 '고학가'를 읊었다.

고학가

달 길 때 달을 따라 공부함도 옛날의 고학생,
다리를 송곳으로 찔러 가며 공부함도 옛날의 고학생,
겨울에 눈을 모아 공부함도 옛날의 고학생,
여름에 반딧불로 공부함도 옛날의 고학생.

✳ 일본 군수물 공장 문을 닫게 한 아버지

아버지는 야학을 수료한 그 해 1931년(21살) 초가을에는 칠곡면 소방조(소방대)에 가입하여 불손수레를 끌며 자원 봉사 형식의 일을 하였다. 제 겨레 사람들을 위한 의로운 일이라고 믿었기 때문이다.

소방조의 우두머리는 '소방조두'라 했다. 소방조두는 일본인으로서 금테 두른 모자를 쓰고 있었다.

농사일을 보면서 이 동네 저 동네, 이 산 저 산으로 불손수레를 끌면서 화재 예방과 진화에 헌신적으로 열중하였다. 아버지는 책임감과 성실함을 크게 인정받아, 평조원의 반장인 '소방소두'가 되었다.

1936년(26살)에는 진양군의 집현면과 도동면의 공동 관할에 속

하는 장재못에 양수기(물을 끌어올리는 기계)를 설치하여 가뭄에도
농민들의 물 걱정을 덜어 주고자 했다. 설움받는 사람들이 잘 살
도록 하는 일에 조그만 힘이라도 되고자 했다.

진주 일대에서 가장 드러난 갑부이고 논밭을 가장 많이 가진
서상필 님, 정상진 님 등을 만났다. 1929년 기사년에 지독한 가뭄
이 들었을 때 농사짓기에 아무 대책이 없다가 많은 사람들이 굶
어야 했던 일을 상기시켰다.

농촌을 위해 양수기 사업을 하고 싶으니 이해해 달라고 했다.
두 갑부뿐만 아니라, 많은 농민들이 적극 찬동하였다. 진주경찰
서의 승인도 받았다.

그 해 4월에는 공사가 거의 완료되었다. 많은 사람들의 기대 속
에 시운전 단계에까지 갔었다. 그런데 주재소의 일본인 구로다(黑
田) 부장의 끈질긴 방해가 시작되었다. 구로다는 주재소 안에서
아버지에게 폭력을 가하며 조선인이라며 멸시를 했다. 아버지는
사업은 더 이상 진전될 수 없다는 판단을 했다. 쌓였던 울분이 터
졌다. 아버지와 구로다 부장 사이에 난투극이 벌어지자, 다른 순
사의 칼이 아버지를 겨누었다. 결국 아버지는 진주에서 두 달 동
안 구치소 생활을 하게 되고 적잖은 빚을 지게 되었다.

아버지는 이발업도 해 보고, 한약 행상도 해 보면서 빚을 갚아 나

갔다. 행상차림으로 일본의 아마사키 지역 등을 두 차례 오갔다.

1940년(30살) 4월부터는 오래도록 일본에 머물게 되었다. 오사카부 미미하라쬬에 있는 군수물 공장(전투 무기 생산 공장)의 하나인 '아사히 철공소'(朝日鐵工所)에서 '고야마'(湖山)로 불리며 일하였다.

아버지는 '아사히 철공소' 조선인 화친회'(和親會)를 조직하여 회장직을 맡았다. 이 화친회는 당시 '야하다 제철소 조선인 친화회'(親和會), 나고야 어느 공장의 '조선인 상화회'(相和會)와 더불어 의미 있는 단체였다.

일본 본토의 공장에서 조선인 노동자들이 스스로 조직체를 만들었다는 것만으로도 중요한 일이었다. 아버지는 일본 속의 조선인들의 활동에 대해 많은 관심을 가졌기 때문에 일본 본토의 공장에 세 조선인 단체가 있음을 파악할 수 있었다. 이들 단체는 표면적 용어로는 친목적 성격으로 보이지만, 내용적으로는 항일적 성격을 바탕에 깔고 있었다.

아버지는 그 해 겨울 일제에 대한 항거의 표시로서 '아사히 철공소 조선인 화친회' 회원들의 동맹 파업을 주도하였다. 아버지는 일본 땅에서 감히 생각할 수도 없었던 일을 했던 것이다. 그것도 오사카의 무기 공장 가동을 공공연히 멈추게 했으니 말이다.

이것은 그날 저녁 일본의 여러 신문에 기사화되었다. "조선인이 동맹으로 군수 공장의 불을 끄다. 주모는 화친회 회장 고야마(湖山)"라는 제목으로 보도되었다.

아버지는 그날 밤늦게 잠이 들었다. 이튿날 새벽 3시경이었다. 제주도에서 온 동료 고나루와 이층 다다미방에서 자고 있는데, 후다닥 담을 뛰어넘는 소리가 은연중에 들렸다.

"문 열어요, 문!"

연이어 대문을 요란히 두드리는 소리가 들렸다.

"누구요! 이 밤중에 무슨 야단들이오!"

아래층 주인 영감이 꽥 지르는 소리가 이층에까지 들렸다.

"경찰이오. 어서 대문을 여시오."

주인 영감의 대문 여는 소리가 들렸다.

"이 집에 고야마라는 사람이 있지요?"

방에 들어선 두 그림자, 사복차림의 형사였다.

"고야마 씨, 옷을 입으시오."

"그럽시다."

아버지는 태연하게 응했다.

"고 형, 모든 일은 나의 명령에 따라 움직여졌으니, 다른 회원들의 신변에는 아무 영향이 없을 것이오."

아버지가 고나루에게 말했다.

"그렇지만, 허 형."

공장에서 일본 사람들은 조선 사람들을 일본식 성명으로 불렀지만, 조선 사람들끼리는 서로 본래의 성대로 불렀으므로, 고나루는 나의 아버지를 '허 형'이라고 불렀던 것이다.

"고 형, 우리들 속담에 하늘이 무너져도 솟아날 구멍이 있다지 않소? 또 범에게 물려 가도 정신만 차리면, 살아날 수 있다고 하지 않소? 내 걱정은 조금도 마시오."

"그렇지만, 허 형!"

"아, 염려 말래두요."

아버지는 돈 지갑, 소방소두 사령증, 행상 허가증, 이발 허가증 등을 챙겼다.

양말을 신으려다 그것은 도로 팽개쳤다. 그리고 다리를 절름거리며 일어섰다.

"갑시다."

아버지가 먼저 경찰에게 말했다.

"양말을 안 신으면 춥잖소?"

형사가 던져진 양말짝을 바라보며 말했다.

"그렇지만, 발목뼈가 아파 구두를 못 신고, 게다(나막신)를 신어야 할 판이니, 별수없잖아요?"

아버지는 거짓으로 절룩이며 방문을 나섰다.

"참, 고 형에게 오키다비(일본 양말의 일종)가 있지요?"

아버지는 밖으로 나가다 말고 고나루에게 물었다.

"예, 그걸 신으시겠습니까?"

"구치소에 가는 사람이 별수 있나요? 우선 따뜻하게 신고 볼 일이지요."

아버지는 고나루의 오키다비를 받아 신었다.

마당에 내려서니, 사복 형사 셋이 또 대기하고 있었다. 이들이 아까 담을 뛰어넘어 잠복하고 있었구나 하는 추측이 들었다. 대문에 나서니, 역시 둘의 형사가 외투를 오그려 쓰고 경비하고 있었다.

아버지는 게다를 찌리리 끌며 형사들 사이에서 부지런히 걸었다. 바람은 없었으나, 추위는 얼음마냥 귀를 따끔따끔 찔렀다. 습기란 습기는 모두 포장도로에 매끄럽게 달라붙어 마치 마룻바닥에 니스 칠이라도 한 것처럼 빤질거렸다. 시가지는 조용하고, 띄엄띄엄 섰는 가로등이 청승스러웠다.

형사들은 아버지가 절뚝거리는 걸음과 태연한 추종에 안심해서인지 감시의 빛을 심하게 띠지는 않았다. 마침내 두 형사는 다른·길로 빠져나갔다. 얼마 뒤에 또 세 형사가 옆길로 가 버렸다. 인제 두 형사만이 아버지의 양옆에 서서 걷고 있었다. 그것도 퍽 누그러운 태도로 감시할 뿐이었다.

좁은 길을 질러 또 넓은 길을 나올 즈음 아버지는 절름거리던 발에 센 힘을 주었다. '툭' 하면서, 게다의 끈이 끊어졌다.

"아야, 아야."
하면서, 아버지는 땅바닥에 주저앉아 발목을 감싸 쥐었다.

두 형사가 양옆에서 아버지를 부축해 일으켰다. 힘에 겨운 듯이 한쪽 발에 몸을 지탱해 섰다. 끈이 끊어진 게다를 한 손에 쥐었다. 아까보다 더 절룩거리며 걸었다. 그것도 게다를 신은 쪽 발은 높고 다른 쪽 발은 낮았으니, 몰골은 한층 더 어색했다.

아버지는 숨을 모으며, 손에 힘을 꼭 주어 주먹을 쥐었다 폈다 했다.

"좀 천천히 갑시다. 발이 기우니 걸음 걷기가 힘듭니다. 차라리 왼쪽 게다도 벗어들고 가는 편이 좋겠습니다."

아버지는 걸음을 멈춰 허리를 구부려 게다를 벗으려 했다. 형사들도 그것이 편할 것이라 여기고, 어깨를 오그려 아버지를 내려다보고 있었다.

아버지는 양손에 각각 게다의 허리를 꼭 쥐었다. 천천히 일어서며, 두 손을 가슴 앞에 모았다.

형사들의 몸이 아직도 마주서서 아버지를 내려다보고 있었다. 아버지는 허리를 번쩍 들어 팔을 번개처럼 벌렸다. 게다가 두 형사의 얼굴을 일시에 때렸다. 두 형사는 뒤로 나자빠졌다.

아버지는 포장도로를 마구 달렸다. 달리기에 썩 좋은 오키다비였다. 설령 형사들이 얼른 정신을 차려 일어섰다 할지라도 구둣발로써는 얼음처럼 매끄러운 도로를 도저히 뒤쫓아 오지는 못했을 것이다. 달리다가 샛길로 들어서며 돌아보아도 형사의 추적은 보이지 않았다.

아버지는 그 길로 사카이 시의 변두리를 달려 두세 달 전에 알게 된 조선인의 집에 이르렀다. 거기서 자전거를 구했다. 그리고 몇 십 리 밖의 한다야마로 갔다.

한다야마에서 이틀간 머무른 뒤 교토행 기차에 몸을 실었다. 야하다로 갔다. 야하다 경찰서에 출장 근무하던 '야하다 철공소 조선인 친화회' 임원들을 은밀히 만났다. 임원들도 신문 기사를 통해 아사히 철공소의 사건을 알고 있었다. 아버지는 '야하다 철공소 조선인 친화회' 임원들과 교분을 나누면서 여러 가지 생각을 정리했다.

나는 자라면서 아버지가 주도했던 아사히 철공소 동맹 파업 사건을 감명 깊게 들었다.

일본 본토의 무기 공장에서 항일적 성격의 조선인 노동자 단체를 조직하고, 감히 동맹 파업으로 무기 공장 가동을 멈추게 하여 일본의 여러 신문에 보도될 정도였다는 것은 보통의 일이 아니었다. 아무나 할 수 있는 일도 아니었다.

나는 이 사건을 생각하며, 아버지의 항일 정신이 얼마나 컸던가를 짐작하곤 했다. 이는 일제 강점기의 일본 본토에서의 항일 활동을 기술할 경우에 그냥 지나칠 일이 아니라고도 생각했다.

그러한 아버지의 이야기는 뒷날 나에게 잠재적인 교훈으로 작용하였다. 그 가운데서도 대표적인 두 가지를 들어 본다.

첫째, 내가 1990년 광복 후 최초로 상하이 임시 정부 자리 보존 운동에 나섰다는 것이다.

나는 중국과의 정식 국교가 없던 시기에 1990년 6월 문교부(교육부) 중앙교육연수원 장학사로서 교원 국외 연수단을 인솔하여 중국 상하이에 가서 임시 정부가 있던 자리를 찾게 되었다.

6월 13일 국외 연수 마지막 날이었다. 상하이의 한 작은 거리에 불과한 마당로(馬當路)를 향했다. '마당로 306롱(弄) 1', '306롱 2' 등 외짝으로 된 문들에 우리의 번지와 호수에 해당하는 표시가 골목 안쪽으로 계속되었다.

북경대학 한국어과 출신 중국인 안내원은 마당로 '306롱 1', '306롱 2'가 우리의 임시 정부 자리라고 했다.

그런데 설명을 들으면서 나는 약간 혼란에 빠졌다. 이미 중국을 다녀온 사람들로부터 임시 정부 자리가 상하이 마당로 '306롱 4'라는 말을 들은 적이 있기 때문이다. 안내원은 '306롱 1'과 '306롱 2'가 틀림없다고 거듭 말했다.

나는 '306롱 2'의 집 문을 두드려 보았지만 잠겨 있었다. '306롱 1'의 집 문을 두드리니, 10평 정도의 어둑한 집안에서 머리가 허연 노파 한 사람이 나왔다.

중국인 안내원에게 물어 본 결과 이 집은 김구 선생이 중국을 떠날 때 중국인 친구에게 넘겨주었으며, 그 중국인은 홍콩에 살고 있는데 현재 주거인은 그 중국인의 삼촌이라는 이야기였다.

그러니 그 노파는 그 중국인의 숙모인지도 모를 일이었다.

이렇게 임시 정부 자리는 아무 표적 하나 없이 퇴색된 집으로 초라하게 상하이 마당로 뒷골목에 근근이 남아 있었다. 나는 버스에 오르자마자 연수단원들에게 현장 즉흥시 '상하이 임시 정부 자리'를 읊었다. 날씨는 몹시 무더웠다.

상하이 임시 정부 자리

이만큼이나 큰
조국의 고동이도록
우렁찬 걸음이도록
세계로 지구로 뻗는
희망찬 역사의 함성이도록

먼 이국의 땅 상하이 마당로 306
한 낡은 자리 그리도 구석진 자리에서
우리의 옛 임들
그리도 가늘게
그리도 허덕이며
우리를 지켰을 줄이야
우리를 살았을 줄이야
우리를 키웠을 줄이야.

아, 통곡으로 피로
울며 외치며 쓰러지며

단군을, 김유신을, 세종을, 서산 대사를
이어 주었을 줄이야.

이곳 이웃들에게도
까맣게 전설이 끊어진
조그만 가게 옆 골목
한 허름한 집
집지기 백발 노파가 쓸쓸한
상하이 임시 정부 자리.

오늘 우리가 서도록
옛 임들 자빠지지 말자며
의기와 혼이 엉기던 자리
상하이 임시 정부 자리.

그러나 이제라도 조각달 뜨면
두 조각 내 나라 땅 내려다보며
임들의 한 서려 머무를 자리
아직도 숨결 시원히 거두지 못할 자리
상하이 마당로 뒷골목
고결한 보국 충정 피맺힌 자리여.

내 조국, 내 겨레 얼룩진
거룩한 자리
상하이 임시 정부 자리.
우리가 버려 둔 자리.(1990. 6. 13.)

나는 귀국하자마자, 상하이 임시 정부 자리 및 해외 애국 유적지 보존 운동을 광복 후 최초로 벌였다. 상하이 임시 정부 자리 보존과 표시에 대해서는 상하이 시장에게 협조 요청 편지를 보냈다.

1990년 6월 30일자로 '임시 정부 자리 보존을 위해 국민에게 드리는 마음의 글'이라는 유인물을 만들어 각계 각층에 돌렸다. 현장 즉흥시 '상하이 임시 정부 자리'는 1990년 7월 2일자 '주간교육신문'에 실었다. 그리고 나의 이름으로 여러 신문에 상하이 임시 정부 자리를 보존하자는 글을 올려 국민들에게 호소했다.

- 허만길, 상해 임정 자리 푯말 하나 없다니(한국일보 1990. 7. 5.)
- 허만길, 상해 임정 옛 자리 번지마저 헷갈려(조선일보 1990. 7. 10.)
- 허만길, 상해 임정 자리 보전 힘쓰자(동아일보 1990. 7. 16.)
- 허만길, 상해 임정 자리 영구 보전하자(경향신문 1990. 7. 20.)

나의 이러한 노력에 대해 각 언론과 국민들은 크게 공감하였다. 우리나라 정부에서도 상하이 임시 정부 자리 보존에 대해 공식적으로 중국측에 의사 표시를 하게 되었다. 1993년에 상하이 임시 정부 자리는 상당히 보수, 단장되고, 상하이를 들르는 우리나라 사람들이 즐겨 찾는 명소가 되었다.

둘째는, 광복과 더불어 역사의 뒷전으로 잊혀져 가고 있는 결과, 1965년 '한일 협정'에서도 언급하지 않았던 정신대(종군위안부) 문제를 크게 환기시켰다는 것이다.

일제 때 한국 여성들을 대상으로 한 정신대는 근로정신대와 종군위안부로 구분할 수 있는데, '정신대' 란 말은 1944년 8월 일본 국왕이 칙령으로 내린 '여자 정신 근로령' 에서 공식적으로 등장한다. 그러나 1930년대에도 이미 정신대란 말이 널리 쓰여 왔으며, 많은 한국 여성들이 정신대로 징발되었던 것이다.

나는 아버지에게서 들어 왔던 정신대(종군위안부) 문제가 어떤 문헌이나 정치적 현안에서도 잊혀지고 지나가는 것을 그냥 두고만 볼 수가 없었다. 나는 일제의 정신대(종군위안부) 문제를 주제로 한 최초의 단편 소설 '원주민촌의 축제'(A Feast in the Village of Natives)를 1990년 10월 5일 '한글문학' 제12집(115~134쪽. 편집 : 한글문학회. 발행처 : 미래문화사)에 발표하였다.

단편 소설 '원주민촌의 축제' 는 일제의 정신대(종군위안부) 문제를 국내외의 역사적 관심사로 환기시키는 주요 발단을 이룬 작품이다.

이 작품은 반세기 동안의 시간적 배경에 한국, 만주, 중국, 타이완 등을 공간적 배경으로 활용하고 있다.

단편 소설 '원주민촌의 축제' 는,

"일제 때 남편을 독립군으로 보낸 20대의 신들린 한국 여인(너복새댁)이 다섯 살 난 딸을 남기고 정신대로 끌려간다. 중국 연변에서 간신히 탈출, 어느 독립군의 도움으로 중상 입은 남편을 찾아 임종을 본다. 그러나 여인은 조국 광복이 되어도 빼앗긴 몸에 대한 죄책감으로 귀국하지 못하고, 국・공 내전의 틈바구니에서 타이완으로 건너가 어느 높은 산속으로 숨어 들어가 실신해 있던 중 그곳 원주민촌의 여자 제사장에게 발견되어 목숨을 건진다.

여인은 마침내 제사장 자리를 물려받아 40년간 한국의 무격 문화와 원주민의 전래 문화를 접목해 가며 신전을 이끌어 간다. 여인은 처음 몸을 빼앗긴 날에 산 사람으로서 스스로 장례식을 당한 뒤 다시 살아나는 의식을 치르는 것을 '죽살이 잔치'라 하고서 해마다 그 의식을 치른다.

1989년 서울에서 열리는 제1회 한민족 체육 대회 때, 중국 거주 교포 가무단원인 연변 독립군의 손녀(사미주)가, 여인(너복새댁)이 독립군의 아들에게 보낸 주소도 없는 때 묻은 편지를 들고 서울을 방문한다. 독립군의 손녀는 안부 편지와 원추형 모양들이 흩어져 있는 그림 한 장을 한국 적십자사의 도움으로 서울의 대학원에서 민속학을 전공하고 있는 여인(너복새댁)의 외손녀(홍나윤)에게 전달한다.

여인의 외손녀는 타이완으로 가서 끈질긴 추적 끝에 1990년 원주민촌의 축제일 '죽살이 잔칫날'인 8월 13일 외할머니를 극적으로 만나게 된다."는 줄거리를 지니고 있다.

이 작품의 발표는 문인과 언론을 비롯하여 각계로부터 큰 관심을 끌어 잊혀져 가던 정신대 문제를 일깨우는 촉매 역할을 했다. 많은 사람들이 나를 격려했다. 특히 한글문학회 안장현(시인) 회장, 서울대학교 구인환(문학 평론가, 소설가) 교수의 격려가 컸다.

안장현 한글문학회장은 단편 소설 '원주민촌의 축제'를 "문학사에 길이 기록될 수작"이라고 했다.(주간교육신문 1991. 11. 18.)

구인환 교수는 '원주민촌의 축제'는 "일제의 압정에 항쟁하며 독립의 열매를 키우던 치열한 삶이 해외 동포의 고국 방문이란 연결고리로 외손인 민속학도에 의해 그 신비가 벗겨지는 충격과 감동을 주는 작품이다. 추리적인 호기심을 자극하는 구성으로 치밀하게 서사의 핵을 구조화하는 기법이 좋다."고 했다.(한글문학 제12집 136쪽. 1990. 10. 5.)

그리고 단편 소설 '원주민촌의 축제'는 2007년 3월 '두산세계대백과사전'에 표제어(사전 올림말)로 올려 풀이되어 있다.

단편 소설 '원주민촌의 축제'를 발표한 지 1년 뒤 이 작품이 1991년 11월 30일 한글문학상 수상작으로 선정됨을 계기로 나는 '정신대 위령의 날' 제정 및 '국제 사람몸 존중의 날' 제정을 각계에 제의하면서, 계속 정신대(종군위안부) 문제를 국내외의 관심사로 환기시킴과 동시에 정신대 희생자의 넋을 위로하자는 운동을 벌였다.

- 허만길, '정신대 위령의 날' 및 '국제 사람몸 존중의 날' 제정 제의(유인물. 1991. 11. 30.)
- 허만길, '정신대 위령의 날' 제정하자(한국일보 1992. 1. 6.)
- (보도 기사) 허만길 씨, '정신대 위령의 날' 제정 제의(동아일보 1992. 1. 17.)
- (보도 기사) 허만길 씨, '정신대 위령의 날' 제의(조선일보 1992. 1. 18.)
- 허만길, '정신대 위령의 날' 만들자(동아일보 1992. 1. 21.)
- (보도 기사) 허만길 씨, '정신대 위령의 날' 건의(주간경향 1992. 2. 9. 경향신문사)
- 허만길, '정신대 희생자 넋을 생각하며' (비상기획보 1992년 봄호, 1992. 3. 1. 국가안전보장회의)

그러던 중에 1992년 1월 언론에서 일제 때 12살 초등학교 어린이들마저 정신대에 끌려간 사실이 뚜렷이 드러났다고 하자, 그동안 내가 제기해 온 정신대 문제는 급속도로 국내외의 큰 관심을 끌게 되었다.

내가 이 작품을 쓰고, 현실 세계에서 이 문제를 환기시키기 위해 다양한 노력을 기울이게 된 뒤에는 항일 활동을 한 아버지의 영향이 뒷받침하고 있었다.

나의 이러한 노력으로 말미암아, 나는 2004년 12월 10일 세계 인권 선언 기념일 기념식에서 국가인권위원회 위원장 표창을 받았다.

* 일본 시카경 훈련소

아버지는 '야하다 철공소 조선인 친화회' 임원들과 은밀히 만나면서 경찰이 더 이상 추적할 수 없다는 판단을 했다. 새로이 직장을 마련할 동안 고향에 있는 가족을 일본으로 이사시키기로 했다. 그리하여 이듬해(1941년) 2월, 나의 어머니와 누나는 일본으로 왔다. 그때는 이미 나의 삼촌 가족(작은아버지, 작은어머니, 사촌누나)과 나의 큰고모 가족도 일본에서 살고 있었다.

우리 가족은 오사카, 교토, 오자 전차 정류소 부근을 전전긍긍하다가 석 달 만에 교토부(京都府) 구세이군(久世郡) 오큐보무라(大久保村) 오자(大字) 오큐보(大久保) 30번지에 정착했다.

교토에서 나라(奈良)행 전차를 약 25분간 타고서 오자(大字) 정류소에 내려 서쪽으로 오큐보 비행장을 향해 넓은 숲 사이 길을 따라 1km쯤 걸으면 도로의 왼편에 자리잡은 이 동네의 첫 집을 만나게 된다. 여기가 바로 우리 가족이 살기로 한 셋집이었다. 셋집의 방은 둘이었는데, 하나는 나의 큰고모 가족이 살기로 했다.

늦은 봄 아버지는 나라(奈良)의 한 밀감나무 과수원에서 일했다. 온산 가득히 밀감나무가 들어선 과수원이었다.

아버지는 일을 하면서도 여가 여가에 바라보이는 먼 데 하늘을 향하여 남모르는 소망을 희구하곤 했다. 1933년 6월 4일에 태어난 딸아이의 나이가 여덟 살이 되었지만, 아직 슬하에 아들이 없었다. 아버지는 슬하에 아들을 두고 싶었다. 아들을 두고 싶은 소망과 초조감이 점점 더해 가고 있었다.

아버지는 나라의 밀감나무 과수원에서 역시 나라에 있는 한 이발소로 직장을 옮겼다. 과수원에서 근무할 때와 마찬가지로 일주일에 한 번씩 오큐보로 와서 가족을 만나곤 했다.

초가을이었다. 옆방의 사장마님(큰고모의 시어머니)이 나의 어머니에게 교토에 있는 조선인 보살할멈 이야기를 했다. 아주 영검 있는 보살할멈이라고 했다.

어머니는 보살할멈을 찾았다.

"아들을 낳기 위해 무척이도 많은 공을 들였군요. 괘가 여간 좋지 않은데요. 지성이면 감천이라, 아들을 틀림없이 낳을 것이오. 보아하니, 내년(1942년)에는 좋은 소식이 비칠 것이오. 그런데 좋은 날을 택해 비손을 한다면, 더욱 좋을 것이오."

하고, 보살할멈이 합장하며 말했다.

어머니는 아버지가 직장에 나간 틈을 타 비손을 했다.

보살할멈은 극구 좋은 말만 했다.

"참 좋소. 참 기쁘오. 참 대단하오. 장차 내 말을 꼭 하게 될 거요. 내년 음력 사오월경에 징조가 나타나면서 오뉴월경엔 더 뚜렷해질 것이오. 물론 아들을 낳게 되고요."

이듬해(1942년) 4월, 아버지는 나라(奈良)의 이발소 출근을 그만 두었다. 나라(奈良)에선 관리들이 직장을 찾아다니며 징병을 뽑는 소동이 있었기 때문이다.

아직 안정된 직장이 없는 나의 고모부와 함께 오큐보 비행장에 나가 품팔이를 했다. 수도관 묻기, 하수구 정리, 도로 수선, 간단한 건물 세우기 등이 주요 일거리였다.

그런데 나의 아버지, 어머니는 물론이고 고향의 할아버지, 할머니, 그리고 나의 외갓집에서도 나의 어머니가 아들 낳기를 간절히 소원하고 온갖 공을 들였다.

할아버지는 세 아들을 두었는데, 손녀들은 있으나 손자는 하나도 없었다. 큰아들(나의 큰아버지)에게서는 두 손녀 외에는 더 이상 손자를 기대할 수가 없었다. 둘째 아들인 나의 아버지에게서 손자가 있기를 소원했다. 셋째 아들인 나의 작은아버지에게서도 손자가 태어나기를 바랐지만, 한 손녀만 있는 상태였다.

이런 가운데서 나는 1943년 3월 21일 새벽에 태어났다. 낮과 밤
이 같은 춘분날이었다.

그때 나의 아버지(허찬도 許贊道 1909~1968년)는 34살이었고, 어머
니(노갑선 盧甲先 1908~1998년)는 35살이었다.

나의 누나는 1933년에 태어났으니, 나와는 꼭 10살 차이였다.
누나가 태어난 지 10년 만에 내가 태어났으니, 모두들 기뻐했다.
그리고 아들 선호 사상이 엄격하던 시대에 나의 아버지 3형제 가
운데 나만이 아들이었으니, 나의 태어남은 많은 사람들에게 떠들
썩한 뉴스가 되었다.

내가 태어나자, 아버지는 기분이 좋아 누나를 오큐보 심상소학
교로 데리고가 3학년에 편입시켰다. 누나의 본디 이름은 '허맹
준' 이지만, 학교에서는 '도시코' 로 불리었다.

누나는 재주가 뛰어나, 두세 달 뒤에는 일본인 학생들과 실력
을 맞겨룰 수 있었다. 그리고 얼마 뒤에는 성적이 그들보다 훨씬
뛰어나 일본인 교원들을 놀라게 했다. 누나는 붓글씨도 아주 잘
썼다. 담임교사는 누나가 쓴 붓글씨를 우리 집 대문에 붙이도록
했다. 대문 앞을 지나가는 급우와 일반인들이,

"도시코가 쓴 글이다."

하면서, 감탄과 부러움을 나타내었다.

그리고 누나는 어머니가 바깥나들이를 할 때에는 훌륭한 통역인이었다.

내가 태어나던 해 9월, 아버지와 고모부는 징병 소집에 강제로 걸려들었다.

당시의 전쟁 형편으로 보아서는 입대한 장병들이 목숨을 붙여 돌아오기란 거의 기대하기 어려웠다. 훈련소에서 훈련을 받고 나면 중국, 태평양, 동남아 등 최일선에 투입되기 마련이었다.

아버지는 소집소에서 하룻밤을 자고, 교토 근처의 시카경 훈련소로 갔다.

눈앞을 가리는 세 식구의 얼굴을 괴로워하며, 훈련소 안으로 들어갔다. 휴식 시간이 시작되었다. 빨간 불을 켠 구급차가 여러 대의 트럭을 몰고 질주해 왔다. 트럭에는 수많은 부상자들이 타고 있었다. 수송 군함이 출항하자마자 어뢰에 부딪혔기 때문이라는 말이 돌았다.

훈련을 받기 시작하자 아버지에게는 치질과 이질 증상이 나타났다. 이질은 당시 조선 사람들은 예사로 여기던 질병으로서 민간요법으로 쉽게 고치곤 했지만, 일본 사람들은 전염성이 강한 무서운 질병으로 여겼다. 아버지는 곧 '제일병실'에서 입원 치료를 받기 시작했다.

전쟁 중에 약품이 모자라는지라, 양약은 주로 외과 환자에게 사용했다. 아버지는 주로 한방 요법과 물리 요법으로 치료를 받았다. 그러면서 군의관의 우두머리인 군의장과 자주 대화를 나누는 관계가 되었다. 아버지는 이질 치료를 계기로 군의장과 꾸준한 토론을 통해 일제의 조선 침략의 부당성을 감동적으로 인식시켰다.

아버지가 시카경 훈련소 제일병실에서 치료를 받고 있을 때, 어머니, 누나, 나는 아버지를 위문하러 갔다. 누나가 편지 겉봉을 들고 일본말 통역을 했다. 태어난 지 1년도 되지 않은 나는 어머니에게 업혀 있었다.

점심 시간에는 어머니가 준비한 미음, 과일, 식혜, 된장, 고추장, 산나물이 아버지 앞에 차려졌다. 참으로 오래간만에 가족이 한자리에 모여 오순도순 식사를 했다.

군의장이 들어왔다.

"여, 참. 시원하고 아주 좋습니다."

군의장이 식혜를 들이키면서 말했다.

"이런 귀여운 자녀를 떠나 계시니, 오죽 마음이 괴롭겠습니까?"

시루떡과 찰떡을 번갈아 먹으며 군의장이 말했다.

"걱정해 주셔서 감사합니다."

"그런데 꼬마 공주님은 아버지가 몹시 보고 싶었지요?"

"그야 그렇지요. 저의 동생은 아버지의 얼굴도 모르고 '아빠, 아빠' 하고 부른답니다."

"참 안 됐어. 아버지가 어서 집으로 돌아가셔야 할 텐데."

"아저씬 높은 사람인가 본데요. 우리 아버지를 어서 집으로 보내 주셔요. 아저씨도 아저씨의 가족 생각이 나시지요?"

누나는 막힘없이 군의장에게 요청했다. 군의장은 누나와 나를 번갈아 보았다. 군의장의 눈엔 무엇인가 형언할 수 없는 의미심장한 빛이 감돌았다.

"맹준아, 아저씨한테 그런 버릇없는 소릴 하는 게 아냐. 애도 저리 철이 없어서……."

"아아니요, 허 형. 이 애가 얼마나 옳은 말을 하고 있다고요."

군의장은 이렇게 말하고는 잠시 무엇을 생각하다가 또 입을 열었다.

"공주 아가씨."

무척이도 다정한 목소리였다.

"예, 아저씨."

"아마, 아가씨의 아버지는 머지않아 집으로 돌아가시게 될 거예요. 몸도 불편하시니까."

"아저씨, 그게 정말이어요? 아이, 좋아! 아이, 좋아! 어머니, 아

58

저씨가 아버지를 집으로 보내 주신대요."

누나는 출입구 근처에서 돌아앉아 있는 어머니에게로 달려가며 말했다.

아버지는 훈련소에 입소한 지 약 5개월 만에 군의장의 도움으로 병역 해제증을 받았다.

함께 훈련소에 들어왔던 사람들이 한쪽은 죽음의 배를 타고, 한쪽은 집으로 가게 되는 갈림길의 날이 온 것이다.

훈련소에서 사귄 몇 친구들이 병실을 다녀갔다. 함께 훈련소로 붙잡혀 온 나의 큰고모부(하만행)가 병실로 인사하러 왔다.

"여보게, 하 서방. 내 말대로 해야만 자네도 살고, 가족도 살게 되는 걸세. 우린 일본 사람이 아니야. 우린 조선 사람이라는 걸 명념하면 얼마든지 그렇게 할 자유를 느끼게 될 걸세."

"할 수 있는 한 해 보겠습니다."

"한 번 더 자세히 이야기하겠네. 오늘 정오 훈련소를 떠나 마아스루에 이르면, 거기서 부대를 재정비하고 작전 명령을 기다려야 한다네.

작전 명령이 떨어지면 승선하여 출항하게 되는데, 그때까지 아무리 못 걸려도 열흘은 걸린다는 걸세. 그러니까, 그 열흘 중 적당한 때를 고르기야 뭐 그리 어렵겠는가? 나는 오늘 저녁이면 오큐보에 도착할 수 있으니까, 이삼 일 안으로 자네 가족을

딴 곳으로 이사시켜 두겠네. 일본 천지에서야 조선 사람만큼
탈영하기 쉬울 수도 없지."

아버지가 훈련소를 걸어 나올 때, 저 앞에서는 입영병을 태운
훈련소행 차들이 또 많이 몰려오고 있었다.

* 첫돌을 지내고 조국 고향으로

1944년, 제2차 세계 대전은 날이 갈수록 치열했다. 미국 폭격기는 일본 내륙 깊숙이까지 파고들어 폭격을 가했다. 이에 일본에 살던 한국 사람들 중에는 위험을 피해 고국으로 돌아가려고 안간힘을 쓰기도 했다.

아버지와 작은아버지는 일본에 계속 머물기로 하고, 우리 가족과 작은집 가족은 조국 고향으로 돌아가기로 했다.

아버지는 교토역 매표구로 갔다. '조선행'이라고 표찰이 붙은 매표구 앞에는 이삼백 명의 군중이 몰려 있었다. 표를 사기 위해 서로 다투어 밀어닥치고 있었다. 앞쪽에 섰던 노약자들이 표를 사지도 못한 채 밀려 나오기도 했다. 일본인 안내원이 있어도 힘을 못 쓰고 있었다.

아버지가 안내원과 의논을 했다. 그리고 두 사람은 구내 매점으로 갔다.

잘게 자른 카드를 놓고, 안내원은 종이 카드에 자신의 도장을 찍고, 아버지는 그 종이 카드에 차례대로 숫자를 적었다.

아버지와 안내원은 순번이 적힌 종이 카드를 군중에게 나누어 주며 질서를 잡았다.

1944년 7월 내가 태어난 지 1년 4개월 만에 어머니, 누나, 나, 작은어머니, 사촌누나는 교토에서 시모노세키까지 기차를 탔다. 그리고 햇빛이 찬란한 이른 아침에 시모노세키와 부산을 오가는 연락선을 탔다. 연락선이 언제 어디서 어뢰나 폭격을 만날지 모르므로 몹시 위험한 여행이기도 했다.

뱃고동 소리와 함께 거대한 선체는 방향을 잡았다. 뱃머리에선 거침없이 바닷물이 쪼개지고 있었다.

선원들이 사람들에게 베개 모양의 구명대를 나누어 주었다. 어머니와 작은어머니는 무엇에 쓰는 물건인지도 모르고 그것을 받았다.

"이건 편안하게 베고 자라고 주는 것인가 봐."

어머니가 구명대를 만지며 말했다.

누나와 사촌누나와 나는 두 구명대를 놓고, 서로 머리를 맞대고 누워 보기도 했다.

"모두들 이쪽으로 보십시오."

선원이 한국말로 말했다.

"모두들 저의 이야기를 잘 들어 주시고, 꼭 그대로 지켜 주십시오. (구명대를 치켜 올리며) 방금 나누어 드린 이 물건은, 배가 비행기나 지뢰를 만나 파선될 경우를 염려해서 나누어 드린 것입니다. 즉, 이것을 이렇게 걸치고 있으면, 사람이 물에 빠지더라도 둥둥 뜨게 되는 것입니다.

만약 배가 파선될 위험이 있을 경우, 저희가 '구명대 걸쳐!' 하면, 여러분은 얼른 이것을 걸쳐야 합니다. 그러면 지금부터 구명대를 빨리 걸치는 연습을 하기로 하겠습니다."

하면서, 선원은 열심히 설명했다.

"구명대 걸쳐!"

사람들은 시끄러운 소리를 내며 구명대를 어깨에 걸쳤다. 여러 선원들이 사람들 사이를 다니며 개별 지도를 했다.

"난, 또 베개인 줄만 알았더니……."

하고, 어머니가 말했다.

"어머니 말만 듣고, 저도 속았어요."

누나의 말에 작은어머니와 사촌누나도 웃었다.

어머니가 구명대를 걸치려고 하나, 어머니의 젖을 빨고 있던 나는 구명대를 한사코 벗겼다.

"이보셔요. 아기가 이러는 바람에 도저히 걸칠 수가 없어요."

63

어머니가 지나가는 선원을 보고 말했다.

"그렇다면, 괜찮아요."

"구명대 벗어!"

다른 선원은 계속 구명대를 걸치는 연습을 시켰다.

"구명대 걸쳐!"

인제는 선원의 구령이 떨어지자마자, 동작을 빨리 하는 사람들이 많아졌다.

"거긴 뭐야."

구령하던 선원은 젊은이 한 사람이 뻣뻣이 서 있는 곳으로 갔다.

"당신은 뭘 하고 있어!"

선원은 젊은이의 뺨을 사정없이 쳤다. 다리를 걸어챘다. 젊은이는 그대로 나동그라졌다.

"아이, 끔찍해. 아이, 무서워."

"구명대 벗어!"

선원이 제자리로 돌아가며 말했다. 사람들의 동작이 훨씬 민첩했다.

"구명대 걸쳐!"

어둠살이 들 무렵, 연락선은 부산 앞바다에 이르렀다.

"당당당……."

"찌걱찌걱……."

"뚜우 우……."

아침부터 현해탄을 달려온 연락선은 부두를 향해 천천히 전진
했다.

여관에서 하룻밤을 잤다.

이튿날 오전에 부산역에서 기차를 탔다. 낙동강을 건너고, 삼
랑진을 지나고, 마산을 지나고, 군북역에서 내렸다.

군북역에서 버스를 타고 의령군 의령읍에 도착했다.

늦은 점심으로 국수를 먹고, 의령군 칠곡면을 향해 걸었다.

어머니와 작은어머니는 한여름 버드나무 가로수의 그늘을 밟으
며 걸었다. 그 뒤에 두 누나가 나의 손을 양쪽에서 잡고 걸었다.

셋은 어른들을 앞질렀다.

나는 길바닥에 쭈그리고 앉아, 돌무더기의 돌을 길 양쪽으로
일일이 집어 던졌다.

"얘가 저래서는 안 되겠다. 길이 굴어야 말이지."

어머니가 나를 업으려고 하나, 나는 몸을 흔들며 뛰어 달아났다.

"얘가 별짓을 다해. 돌이다 똥이다 길에 걸리는 건 다 집어 치
운다니까. 이런 별난 일도 있나?"

어머니는 나의 손을 잡으며 이끌려 했다.

"아니, 아니."

나는 어머니의 손을 굳이 뿌리치며, 남은 쇠똥 조각을 마저 치웠다.

이십 리(8km)를 걸어 칠곡면(七谷面) 칠곡소학교 앞에 다다랐다. 소학교 울타리에는 측백나무가 보기 좋게 가꾸어져 있었다.

우리들은 칠곡면 사무소와 주재소(일제 강점기에 경찰의 말단 기관)가 있는 신작로에까지 다다랐다. 북쪽에는 해발 897m의 '자굴산'이 높이 솟아 있었다. 우리는 자굴산을 뒤로하고 우리가 살게 될 '도산'(陶山) 마을을 향해 남쪽으로 걸어 들어가게 된다.

칠곡면에는 선사 시대(신석기 시대)의 유적으로서 선돌 11개가 남아 있었다. 칠곡면은 변한 시대, 가야 시대를 거쳐 삼국 시대에는 장함현(獐含縣)의 소재지였다.

자굴산은 지리산 줄기로서 병풍 친 듯이 신령스럽게 주산(主山, 지역의 뒤쪽에 있는 산으로서 그 지역의 운수에 영향을 주는 산, '진산'이라고도 함)을 이루고 있었다.

자굴산의 맞은편에는 아름다운 '안산'(案山)이 있다. 도산 마을은 자굴산을 뒤로하고 안산을 정남향으로 하고 있었다. 마을의 서쪽에서 남쪽으로, 북동쪽에서 동쪽으로 잘 둘러 흐른 물길은 남동쪽에서 한데 모여 멀리 낙동강으로 향했다.

어느덧 저녁때가 다가오고 있었다. 주재소 쪽에서 도산 마을을 바라보니, 마을에서는 저녁 보리쌀 끓이는 연기가 모락모락 오르고 있었다.

신작로에서 도산 마을로 들어서니, 밭에서는 콩, 옥수수, 깨, 조, 수수, 고추들이 훈훈한 바람에 물결치고 있었다.

동네 입구에 들어섰다. 마을 사람들이 전해 준 소식을 듣고, 할아버지, 할머니가 달려 나왔다. 두 누나가 할아버지, 할머니에게로 달려가 매달렸다.

"아버님, 어머님, 삼가 문안드리옵니다."

어머니와 작은어머니가 인사를 드렸다.

"오냐, 먼 길에 얼마나 고생이 많았을까?"

할아버지와 할머니는 며느리들의 인사를 받으면서도, 눈은 벌써부터 어머니의 손을 잡고 있는 나를 향하고 있었다.

"어디, 손자 놈 좀 안아 보자."

할아버지가 나를 안았다.

"얼마든지 안아 보셔요. 그렇게 밤낮으로 보고 싶으시다더니
......."

라고 말하는 할머니의 눈에서는 눈물이 글썽했다. 그리고 할머니가 나를 받아 안았다.

"만길아, 여기 계신 분이 할아버지시고, 내가 할머니야. 무슨 말인지 알아듣겠니?"

할머니의 말에 나는 눈만 둘레둘레했다.

"만길아, 내려서 할아버지, 할머니께 절 한번 해 봐."

어머니가 이렇게 말하면서, 할머니에게서 나를 받아 땅에 내려 놓았다.

나는 엉거주춤하다가, 허리를 한참 굽히고 있었다.

"아이, 착해라. 내 손자 양반이구나."

할머니가 나를 다시 얼른 안아 올렸다.

"아이들이 곤할 텐데, 어서 집으로 가요."

할아버지가 할머니를 보고 말했다. 모두들 발걸음을 옮겼다.

"내려! 내려!"

별안간 나는 할머니의 품에서 마구 다리를 쳤다.

"갑자기 아이가 왜 이러지?

무슨 일이 있나? 아니면, 걸어가려고 그러나?"

"아마 걸어가려고 그럴 거여요. 의령읍에서 여기까지 오는데도 한번도 안 업혔어요. 아무나 들으면, 거짓말이라 할 거여요."

누나들이 나의 손을 잡으려 하지만,

"아니, 아니."

하고, 나는 누나들의 손을 뿌리쳤다.

뒤에서 누나들이 붙잡으려는 시늉을 하면, 그럴수록 나는 온 힘을 다하여 무릎을 더 빨리 저었다.

68

이렇게 조국 고향으로 돌아온 우리 가족은 의령군 칠곡면 도산리 260번지에서 줄곧 살게 되었다.

우리 집은 도산 마을에서도 가장 앞쪽(남쪽) 가운데에 터를 정하고 있었다. 집 앞에는 큰길이 동쪽에서 서쪽으로 나 있었다. 큰길 앞에는 많은 논들이 펼쳐져 있었다. 펼쳐진 논이 끝나면, '안산'이다. 안산 바로 아래에는 항상 푸른 소나무를 그림자로 띄우고 있는 맑은 냇물이 조용하면서도 늘름하게 흘렀다.

'도산'이라는 마을 이름은 처음에는 '작은 도산'이라는 뜻으로 '소도산'(小陶山)이라 불리었는데, 퇴계 이황과의 관계 때문이었다.

우리 윗대 조상은 김해에서 고성을 거쳐 조선 중엽 의령으로 들어와 자리를 잡았다. 의령에 자리잡은 윗대 조상은 퇴계의 처가였다. 그래서 퇴계의 연고지인 경북 안동의 '도산'과 관련지어 우리 마을 이름을 처음에는 '소도산'(小陶山)이라 했다고 한다. 그 뒤 땅이름을 공식적으로 정리할 때 그냥 '도산'(陶山)이라 했다.

✻ 세 집 외동아들

집집마다 자식을 많이 두던 시대에 아버지 3형제 슬하에 나 혼자 아들이라는 사실은 한 동네에서나 멀리 사는 일가 친척들에게 널리 알려졌다. 그래서 나는 '세 집 외동아들' 이라는 별명으로 통했다. 문자 쓰는 사람들의 사이에서는 꼭 같은 뜻의 '삼가 독자' 라는 말을 쓰기도 했다.

할아버지, 할머니는 나의 어머니가 아들을 하나 더 낳았으면 하고 바랐다. 그런데 내가 만 세 살이 되어 갈 즈음, 1946년 2월 24일 여동생이 태어났다.

여동생이 태어나자, 나는 민속에 따라 짚으로 새끼줄을 왼쪽(시계 반대방향)으로 꼬아 솔가지, 숯, 미역을 꽂은 금기줄을 만들어 사립문에 달았다. 이것은 여자 아기의 탄생을 알리면서 사람들이 집에 함부로 드나들지 말기를 바라는 구실을 했다. 좋은 일에 부

70

정 타는 일이 있을까 봐 예방하기 위한 줄이었다.

'세 집 외동아들', '삼가 독자'로 불리며 자란 나는 그만큼 귀한 자식이라는 이미지를 지니고 있었으며, 어디서나 사람들의 관심의 대상이 되었다.

그런데 '세 집 외동아들'로 태어난 나의 집은 경제적으로 매우 가난했다.

해방 직후(1945년)에는, 우리는 도산리 압수부락 입구 장구지들에 약 두 마지기(약 400평)의 논밖에 없었다. 여동생이 태어나던 해(1946년)에 '싸게들'이라는 산비탈에 위치한 천둥지기(빗물에 의해서만 벼를 재배하는 논. 천수답)를 약 600평 샀다.

싸게들의 논은 웅덩이를 파도 물이 나오지 않고 순전히 빗물에만 의지하여 농사를 지을 수 있는 땅이었다. 해마다 날이 가물곤했으므로, 실제로는 싸게들 논에서는 곡식 수확이 별로 없었다.

우리 가족은 밥 굶는 것을 남들이 밥 먹듯 하였다. 서당에서 돌아온 나는 허기진 입술과 눈으로 콩이파리나 팥이파리가 멀겋게든 죽을 숟가락으로 휘휘 젓곤 했다. 그러다 보면, 간혹은 밥알이한두 알 둥둥 뜨는 수가 있었다.

여동생은 아직 젖을 먹고 있을 때, 나는 가마니를 만들어 팔기위해 일하는 아버지, 어머니 앞에서 배고프다며 엉엉거리기도 했다. 그때 어머니는 맥없이 나를 바라보았다.

우리 가족은 식량을 해결하기 위해 온갖 노력을 다했다. 수확한 곡식의 반은 농토의 주인에게 주고 반은 우리가 차지하는 소작을 했다. 어머니는 남의 집 베틀 일을 하면서 품삯을 받았다.

일본 소학교에서 재주가 뛰어나 선생님들을 놀라게 한 누나는 수예 솜씨가 좋았다. 혼인집에 필요한 수예품을 만들어 주고 돈을 받았다.

누나는 1950년 12월 1일(음력 10월 22일) 17살의 나이로 결혼했다. 누나의 결혼 날, 나는 누나에 대한 기억을 한없이 되살렸다. 한 술의 밥도 뜨지 않고서 부엌에서 배불리 먹었다며 한사코 끼니를 사양하면서 나와 여동생에게 밥 한 숟갈을 더 주려고 했던 누나였다.

누나는 효녀였다. 결혼 후 26살의 꽃다운 나이로 이 세상을 떠날 때까지 누나는 나를 한없이 사랑하고 기대하였다.

고생 끝에 우리 가족은 좋은 논을 사는 기쁨도 맛보았다. 국민학교 4學年(1952년) 때는 천둥지기 싸게들의 논을 팔아 마을 앞 '안산' 밑 냇가에 위치한(도산리 274의 2) 383평의 논을 샀다.

해마다 얼마간의 세금을 별도로 내면서, 그 옆에 하천 땅을 일군 201평의 논도 우리가 농사지을 수 있었다. 그래서 흉년만 들지 않는다면, 우리 논만으로도 우리 가족의 식량만은 거의 해결할 수 있게 되었다.

세 집 외동아들에게는 어릴 때 크고 작은 일들이 많았다.

나는 세 살적(1946년)에 겨드랑이에 '천자문'(千字文) 책을 끼고 서당에 드나들었다. 서당꾼들은 낮에는 일을 해야 하므로 주로 아침과 저녁에 공부하였다. 나는 서당 입학 1년 뒤에는 '이천자문'(二千字文)을 공부했다. 또 그 다음해(1948년)에는 '통학경편'(通學徑編)을 공부했다.

동네 형들과 아저씨들 틈에서 장자(글자를 짚어 가며 읽을 수 있도록 만든 길이 약 30cm의 옻칠한 자)를 짚어 가며 글을 읽었다. 나의 글 읽는 소리가 하도 커서 사람들은 내 글소리가 이웃 동네에까지 들린다고들 했다.

배운 글을 한 차례 읽을 때마다 서수(書數)를 한 조각씩 접어 올렸다. '서수'는 글을 읽은 횟수를 세기 위한 것으로서 '서산'(書算)이라고도 했다.

서수는 가로 약 5cm, 세로 약 20cm 되는 종이(한지) 두 장을 겹쳐 앞장의 앞 면에는 먹칠과 초칠을 하였다. 서수는 아래위 두 단으로 나뉘었다. 아랫단이 열 조각, 윗단이 다섯 조각으로 나뉘었다. 글을 한 차례씩 읽고 나면 아랫단 조각을 하나씩 위로 젖혔다. 아랫단의 열 조각을 위로 다 젖히게 되면, 윗단의 조각 하나를 위로 젖히고 아랫단 조각은 원상태로 반듯하게 하였다. 다시 한 차례씩 읽을 때마다 아랫단 조각을 위로 젖혀 올렸다.

서수가 낡게 되면, 어린 나는 서수를 잘 만들지 못했으므로, '소학'(小學)을 읽던 재종형(허만웅)이 정성껏 만들어 주곤 했다.

동네에 혼인을 비롯한 잔치가 있는 날이면, 저녁에 서당꾼들은 한참 공부를 하고 나서는 연장자가 종이에 먹을거리를 적은 단자를 잔칫집에 보내면 잔칫집에서는 으레 기다렸다는 듯이 단자에 적힌 대로 술이며 떡이며 안주를 후하게 주었다. 이때 잔칫집에는 두세 사람이 가게 되는데, 거기에는 언제나 가장 나이 어린 내가 포함되어 있었다.

네 살 때였다.

지게를 지고 나이든 사람들을 따라 산을 올랐다. 한참 올라서는 서로들 간격을 두고 일정한 위치를 정해 갈퀴로 솔잎 갈비(낙엽)를 긁어모으기 시작했다. 여러 갈래로 뿔이 난 사슴이 나타났다. 사슴은 나의 지게 가까이에서 서성이었다. 나보다 키가 큰 사슴이었다. 불그스레한 털에 진한 갈색이 군데군데 섞인 것이 참으로 귀여웠다. 갈퀴질을 멈추고 사슴에게로 가까이 갔다. 그러나 얌전하던 사슴은 나의 심정을 알아채지 못한 듯 놀란 모습으로 껑충껑충 달아났다.

"사슴아, 귀여운 너를 해칠 내가 아니다. 제발 놀라지 말고 나의 지게 옆에 가만히 앉아 나의 벗이 되어 다오."

나는 허전한 마음으로 사슴을 얼마나 많이 아쉬워했던가. 사슴이 야속스럽기도 했다.

가난한 살림에 선생님과 서당꾼들에게 책거리(책씻이)를 하지 못해 설날 아침에야 선생님에게 술 한 잔 올리는 것으로 가름해야 했던 일, 명절이면 일가친척과 동네 사람들에게 '토정비결'(土亭秘訣)로 신수를 보아 주며 "운수 대통이다.", "올해 액운을 어찌 다 때울꼬?" 하는 소리에 함께 웃고 위로하던 일, 새각시 베개만큼이나 땔감과 볏단을 부지런히도 짊어지고 다닌다며 놀림 섞인 칭찬을 받던 일, 이웃집 할아버지에게 뒤질세라 먼동이 트기 훨씬 전에 동네 안팎을 돌며 농사거름으로 쓸 개똥과 쇠똥을 호미나 괭이로 망태에 주워 담던 일, 어머니와 여동생과 함께 개울가에 나가 자갈바닥을 채소밭으로 일구어 상추, 부추, 파의 씨를 뿌리고 물주고 거름주던 일, 산에 소 먹이러 갔다가 학질로 몸이 펄펄 끓어 앓아누웠을 때면 여동생은 걱정스럽게 옆에 앉아 있고, 어머니는 이마에 물수건을 갈아 얹고, 아버지는 매끈한 쇠대롱으로 밀가루 반죽을 곱게 만들어 과자처럼 구워 주던 일들도 있었다.

1949년 4월, 네모진 종이에 깨알처럼 붙은 누에씨에서 누에들이 까맣게 고물고물 막 나오기 시작하던 따스한 봄날이었다. 어머니는 갓 나오는 누에들을 돌보고, 아버지와 나는 면사무소를 거쳐 국민학교(초등학교)로 가서 입학 등록을 했다.

"갓 낳을 때는 언제 커서 걸을 수 있을까고 했는데, 벌써 학교에 다니게 되고……."라며, 잔정 많은 작은어머니는 그날 이후로 나에 대해 자주자주 말했다.

운동장을 이리저리 걸으며 선생님이 "하나, 둘." 하면, 학생들은 "셋, 넷." 하였다. 맨 뒤에서 줄을 따라가던 나는 낮은 소리로 "셋, 넷." 하면서도, 선생님이 학생들을 너무 어리게 취급하는 것 같아 스스로 쑥스러운 생각이 들기도 했다.

"나비야, 나비야, 이리 날아오너라. 노랑나비, 흰나비 이리 날아오너라."

노래하며 춤을 출 때면, 나는 "점잖은 사람이 춤은 무슨 춤이람." 하는 생각이 들면서, 쑥스러워한 적도 있었다.

나의 어머니는 수십 년을 충치를 앓아, 밤낮으로 어쩔 바를 몰랐다. 내가 태어나기 훨씬 전, 어머니 나이 스물여덟 살 되던 1936년 음력 9월에는 충치에 노고초(할미꽃) 뿌리의 즙이 좋다는 말을 듣고 이를 사용했다가, 그 뿌리의 독성으로 말미암아 1년간 입을 벌리지 못하는 고통에 시달리기도 했다.

국민학교 3학년 때였다. 학교에서 공부를 마치고 집으로 돌아오는데, 동네 큰길에서 만난 할머니가 "누구의 이야기를 들으니, 허물 벗은 가재를 구워 담배로 피우면 충치에 좋다더라."라고 했다.

나는 책 보따리를 마루에 던지고는 곧장 냇가로 달려갔다. 때는 겨울이라 가재가 흔할 때가 아니었다. 냇물의 첫 돌을 들자마자 허물 벗은 가재가 있었다. 가재를 구워 가루를 내었다. 할머니의 담뱃대를 빌려 어머니에게 그 가재 연기를 입 안으로 빨아들이게 했다. 조금 전까지도 이가 아파 못 견디던 어머니는 연기를 한 모금 마시자마자, 충치앓이가 씻은 듯이 없어졌다. 그 이후로 어머니는 충치로 고생하는 일은 없었다.

어머니는 평생토록 이 일을 잊지 않고, 자주자주 돌이켜 말했다. 나도 어머니가 몸이 편찮을 때면 제발 그때와 같은 기적이 일어났으면 하고 소망하곤 했다.

국민학교 5학년 때였다. 오후 수업이 끝나고 청소도 끝난 시간이었다. 읍내 고등학교를 다니는 학생이 사진기를 들고 학교에 왔다. 함박눈이 그치고 난 뒤였다. 6.25 전쟁에 옛 건물은 불타버리고 초가집으로 지은 교실 추녀에 달린 고드름이 햇볕을 받아 얼음물을 줄줄 떨어뜨리고 있었다. 선생님들이 고등학생을 불러 사진을 찍어 달라고 했다.

우리 담임 박진환 선생님은 반장이던 나를 비롯해 남녀 몇 학생들과 함께 사진을 찍자고 했다. 그때가 나는 사진 찍는 것이 처음이었다.

웃으며 바라보던 처녀 선생님이 나에게로 다가왔다.

"나하고도 사진 찍자."

하고, 나에게 말했다.

나는 가슴이 뛰고 얼굴이 화끈거렸다. 나는 웃기만 하면서 주춤

했다. 담임선생님이 옆에서 나더러 사진 찍기를 독촉했다. 여자 선생님이 다가와 나의 손을 잡으려고 했다. 나는 더 이상 아무 생각을 않고, 책 보따리를 어깨에 질끈 묶어 매고 마구 뛰었다. 집에 와서는 마침 시댁에서 다니러 온 누나에게 그 사정을 말했다.

누나는 웃으며 지금이라도 학교에 가서 여자 선생님하고 사진을 찍으라고 했다. 여자 선생님이 너를 좋아해서 그러시는데, 얼마나 서운하시겠냐고 했다. 그래도 나는 여자 선생님도 여자인데, 더욱이 처녀 선생님인데, 어찌 남녀가 단 둘이 어깨를 나란히 대고 사진을 찍을 수 있겠는가는 생각이 들었다. 이 속사정을 누나에게도 말 못하고 나는 끝내 몸을 흔들며 누나의 충고를 거절했다.

국민학교 5학년 때였다. 일주일에 한 번씩 전교생 운동장 모임이 있으면, 교장선생님 말씀이 끝나는 대로 나는 단상에 올라 교과서에 나오는 '강감찬 장군'에 대해 쓴 글을 비롯해 감명 깊은 글을 크게 읽어 학생들의 정신을 가다듬는 데 도움이 되도록 했다. 나는 면민 행사나 교내 학예회가 열리면 웅변 연사로도 나섰다.

6학년 때 학예회에서는 '사육신' 연극이 있었다. 학예회에서 연극은 절정을 이루는 부분이었다. 선생님은 나에게 성삼문 역을 맡겼다. 성삼문 역은 나의 성격에 어울리고, 극본에서 성삼문 역이 외야 할 대사가 가장 많았기 때문에 나를 배역한 것이었다.

학교에서는 나에게 전교 학생장(전교 자치회장)의 표시로 가슴에 천으로 만든 리본을 달고 다니도록 했다. 아버지는 나의 모습을 보고, 우월감으로 우쭐해서는 안 된다는 점을 자주 강조했다.

국민학교 2학년 여름(1950년 7월)이었다.

조용하고 평화롭던 시골 아침 하늘에 나직이 뜬 비행기 한 대가 날았다. 비행기는 느닷없이 '따따따, 따따따…….' 하고, 기관총을 마구 쏘아댔다.

동네 사람들이 혼비백산하여, 모두들 집에서 뛰쳐나왔다. 동네 앞 논두렁을 허우적거리며 앞산으로 향했다. 우리 가족은 아버지가 들어오기를 기다렸다가 뛰쳐나갔다. 동네 앞 논두렁에는 여름 삼베옷을 입은 남녀노소가 아우성을 치며 달리고 있었다. 나의 작은할아버지(허종수)는 바로 머리 위에 뜬 비행기를 향해 담뱃대를 휘저으며 저리 가라는 시늉을 했다.

신문도 라디오도 없던 시골에 어느 누구도 무슨 영문인 줄을 몰랐다.

전쟁이 일어났다는 말이 퍼졌다. 6월 25일 전쟁이 터지고, 7월 25일 낙동강 전투가 있던 그 중간 시점에 벌어진 일이었다. 기관총알이 마구 쏟아졌으나, 다행히 사람이 다치지는 않았다.

우리 가족은 앞산 골짜기로 피했다. 아버지는 집으로 들어가

솥에 안쳐 둔 보리밥을 바구니에 퍼서 생된장과 함께 가져왔다. 그 다음날 진주에서 의령을 거쳐 대구, 마산, 부산으로 가자면 꼭 건너야 하는 냇물 다리가 두 발의 폭탄소리와 함께 내려앉았다.

집에서 보아도 앞산 너머 먼 하늘에는 시커먼 연기가 자욱이 치솟았다. 칠십 리(28km) 떨어진 진주가 불타고 있었다.

그런 가운데서도 나는 동네 사람들과 함께 산에 땔나무를 하러 갔다. 산에서 내려다보니, 한길에는 남쪽으로 향하는 군인 차들이 끊임없이 지나가고 있었다. 군인 차들은 지서 앞을 지날 때면 한결같이 호루라기를 세차게 불었다. 국군의 후퇴 차량이었던 것이다.

그리고 전쟁은 현실로 받아들여졌다. 열일곱 살 된 예쁜 누나는 아버지가 시키는 대로 남자들이 입는 홑바지를 입었다. 머리에는 수건을 두르고 얼굴에는 검정을 칠했다. 남자처럼 보이게 하기 위해서였다.

모두들 동네를 비워 두고 산 속에 굴을 파고 밤낮으로 귀를 찢는 비행기 소리와 폭격 소리를 들었다. 인민군들이 들이닥치고 남자들은 강제로 끌려 며칠간씩 물건을 짊어 날라다 주고 간신히 살아왔다. 동네마다 대부분의 집들은 폭격으로 부서지거나 불탔다.

어느 날 어머니는 네 살 된 나의 여동생을 데리고 집에 옷가지를 가지러 갔다가 비행기를 만났다. 비행기는 어머니를 향해 기관총을 쏘았다. 어머니는 여동생을 업고 냇물 옆 언덕의 나무 아

80

래에 숨었다. 비행기는 몇 차례나 되돌아와서 기관총을 쏘았다. 냇물은 펄펄 끓는 듯이 총알 세례를 받았다. 우리 가족의 마지막 피난처였던 산골 동네 압수골로 가까스로 돌아온 어머니는 근근이 죽을 고비를 넘겼다고 했다.

벼가 활짝 영근 어느 날 밤이었다. 밤새도록 국민학교 즈음에서 쏘는 시뻘건 큰 대포알이 쌩쌩 하며 하늘을 날았다. 대포 소리는 '쾅', '쌩', '쿵' 하는 세 박자 리듬을 탔다. 대포 소리는 사람의 귀만을 찢어지게 하는 것이 아니라, 하늘과 땅과 산을 온통 날카롭게 찢는 듯했다.

날이 새자 대포 소리는 뚝 그쳤다. 한잠 못 잔 사람들이 집 밖으로 나왔다. 어제까지만 해도 산골 동네에 꽉 찼던 인민군들이 보이지를 않는다고들 했다. 지난 밤 대포 소리는 인민군들이 후퇴하면서 남쪽을 향해 마지막으로 쏘아 대던 것이라고들 추측했다.

겨울이 되자, 이웃 동네 회관에는 부상과 추위와 굶주림으로 죽어 가는 인민군 포로들이 들것에 실려 들락날락 했다. 불타 버린 학교 플라타너스 나무 아래에는 엄청나게 커 보이는 두 대의 대포가 놓여 있었다.

학생들은 학교에 초가집 교실이 만들어지기 전까지 학년별로 각 동네 넓은 집이나 빈터에서 공부했다.

여러 해를 두고 밤이면 산속에 숨어 있던 인민군들이 내려와 경찰과 싸웠다. 따발총, 카빈총 소리가 요란했다. 어른들과 시제(시사)를 지내고 어둠 속에서 걷고 있을 때, 국군복으로 갈아입고 차량을 빼앗아 타고 습격한 인민군들에 의해 의령 경찰서가 불타는 것을 나는 삼십 리 밖에서 볼 수 있었다.

장정들이 군대에 입대하는 날에는 온 면민들이 태극기를 흔들고 꽹과리를 치며 환송했다. 한번 가면 살아 돌아오기가 쉽지 않고, 살아 돌아온다 할지라도 그날이 언제일지 기약이 없었다. 트럭에 탄 장정들을 보며 부모와 부인과 자식들은 눈물바다를 이루었다.

입대한 장병들의 죽음의 재를 담은 상자들이 고향으로 돌아오고 있었다. 그 상자를 사람들은 '죽음의 재 상자'라고들 했다. 죽음의 재 상자가 돌아오면 면민들은 면사무소에 행사장을 차리고 추도식을 올렸다. 나는 그럴 때마다 학생 대표로서 장렬하게 전사한 영령을 위해 추도문을 낭독하였다. 그때 나는 진심으로 죽음과 명복과 전쟁과 평화와 삶에 대해 엄숙하게 생각에 잠기었다.

전쟁의 폭격 소리는 멎었으나, 가뭄이 연이어 들었다. 사람들은 먹을 것이 없었다. 가뭄에 타 버려 논두렁의 콩이파리도 구하기가 힘들었다. 나도 배가 고파 콩이파리 국물이라도 한 모금 더 먹고 싶었다. 산에 올라 소나무껍질을 벗겨 먹고 지내다 끝내는 누렇게 부어 죽어 가는 사람들이 많았다. 미국서 보낸 구호물자가 오면 잔디 씨와 아카시아 씨를 모아 답례로 보내기도 했다.

✳ 열두 살 고향 떠나는 마음

약 55평(182㎡)의 우리 집은 우리 가족이 살기 전까지는 일제 때 큰아버지가 한동안 이발관으로 사용하고 있었다. 큰길 쪽으로 방 2개와 부엌 1개와 이발소로 쓰던 마루방이 있었다.

6.25 전쟁이 일어나기 전 1949년(내 나이 6살)에 집터의 안쪽에 세 칸 초가집을 새로이 지었다. 목수와 아버지가 직선을 표시하는 먹줄을 튕겨 놓고 대패질을 하다가 쉬는 여가에는 나도 대패질 연습을 했다. 대패로 깎아 낸 얇은 나무 살로 불을 피워 시린 손을 녹일 때는 연기가 눈물, 콧물을 나게 했다.

누나도 나도 여동생도 집일을 거들었다. 여동생은 물을 붓고 누나와 나는 짧게 자른 지푸라기를 섞은 흙을 이겼다. 아버지가 벽에 흙을 바를 때에는 어머니와 누나와 나는 흙을 찍어 나르고, 여동생은 흙이 줄어드는 모습을 가만히 내려다보고 있었다.

정남향의 새로 지은 집은 햇빛이 환하게 잘 들었다. 우리는 새로 지은 집을 '위채'라 하고 그전에 살던 집을 '아래채'라 불렀다. 살림을 위채로 옮기고 아래채는 곳간으로 사용했다.

이듬해 6.25 전쟁 중에도 우리 집은 온전하게 유지되어 참으로 고마웠다. 아버지, 어머니, 누나, 여동생과 함께 우리 다섯 식구는 가난했지만, 우리가 함께 지은 집이 참 좋고 행복했다.

1955년(내 나이 12살) 3월 22일에 나는 칠곡국민학교(칠곡초등학교) 제6학년을 졸업했다.

나는 졸업식에서 학업 우등상, 개근상, 전교 학생장(자치회장)으로서의 공로상, 의령 교육감상을 받았다. 졸업 당시의 제6학년 담임선생님은 이종세, 교장선생님은 선봉식, 의령 교육감(뒷날 '교육장'으로 명칭 변경)은 류만출이었다. 상품으로는 우등 상품으로서 '국어 소사전', 개근 상품으로서 한자 '소옥편', 공로 상품으로서 놋그릇 식기 한 벌, 의령 교육감 상품으로서 문세영 지은 '수정 증보 국어 대사전'을 받았다.

졸업식이 있기 전에 나는 진주중학교 입학시험 합격증을 받았다. 입학식은 4월 6일로 예정되어 있었다.

졸업식을 마친 며칠 뒤였다. 날씨는 아직도 쌀쌀했다. 그날도 나는 어머니와 함께 보리논을 맸다. 그날의 김매기는 여느 때와는 다른 분위기가 나를 감돌았다.

아버지는 아버지와 내가 거처할 숙소를 구하고, 아버지의 일자리를 알아보기 위해 진주에 갔다. 일자리는 구하기 어려울 것임은 이미 예상하고 있는 터였다. 우선 숙소라도 구해야만 입학식 이전에 짐을 옮길 수가 있다.

아버지가 진주에 가기 전부터 보리논의 김매기를 시작했다. 오늘만 일하면 김매기가 끝난다. 내가 고향을 떠난 뒤의 어머니 일을 조금이라도 덜어 드려야겠다는 생각에서 부지런히 호미질을 했다. 그래서 날씨가 쌀쌀했지만, 산 그림자가 길게 뻗쳐 와도 김매기를 했다. 손바닥이 부르트고 쪼그려 앉은 다리가 심하게 아파도 보리 고랑을 계속 뒤로 물리며 호미질을 했다.

이제 여섯 고랑밖에 남지 않았다. 두 고랑씩 호미질해 올라갔다가 한 고랑씩 내려오면 된다.

보리 고랑이 얼마 남지 않으면 않을수록 나는 이루 표현할 수 없이 얽히고설킨 마음으로 땅을 끌어당겼다. 어머니 역시 점점 말이 적었다. 얼마 동안이 될지 모르지만, 자식과 헤어져 지내야 하는 천륜의 정을 인내심 강한 어머니인들 어찌 마음 아프지 않으리요. 나에게는 십여 년 동안 살아온 고향땅을 떠나 다른 둥지로 날아가 앉아야 한다는 그때가 바로 눈앞의 현실로 다가오고 있었다.

보리논을 매기를 마무리하고 나니, 한결 기분이 가벼웠다. 그러나 밤이 깊어도 잠은 좀처럼 들지 않았다. 낯선 도시로 공부하러 나간다는 막막함보다는 가족과 고향을 떠나야 한다는 무거운 감정을 가누기가 더 어려웠다.

여동생이 호롱불의 심지를 올렸다 내렸다 하는 동안, 어머니와 나는 손등에 참기름을 발랐다. 추위와 흙덩이에 메마를 대로 메말라 피가 비치며 금이 간 손등을 문질렀다.

보리논을 매고 난 다음날 오전에는 산에 올라 땔나무를 했다. 아무리 집에 땔나무를 많이 쌓아 둔다 해도 마냥 오래 갈 수는 없다. 내가 진주로 가고 나면 어머니는 땔나무를 사야 할지도 모른다.

오후에는 동네 형이 빌려준 김내성 지은 탐정 소설(추리 소설) '마인' 을 읽기 시작했다. 그날 밤은 거의 자지도 않고 읽었다. 이튿날 아침 세수를 하자마자 또 계속 읽었다. 탐정 소설은 이광수 지은 '유정' 과 같은 부류의 애정 소설과는 또 다른 매력으로 흥미진진한 데가 있었다.

작년에 사촌 매형이 주로 중 · 고등학생이 읽는 책이지만, 나도 읽을 수 있을 것이라면서 월간지 '학원' 을 사다 주었다. 거기서 나는 '태양은 다시 떠오른다', '검은 별' 처럼 다달이 연재되는 형식의 글도 있구나 하는 것을 알았다.

이번에 '마인' 을 읽으면서는 '마인' 이 '검은 별' 과 같은 부류에 속하는 탐정 소설이라는 것을 인식했다. 월간지 '학원' 은 그 다음 호를 읽지 못해 "검은 별은 어디로 갔을까?"로 궁금증을 쌓게 했는데, '마인' 은 단행본이어서 다행이라는 생각이 들었다. 나는 점심 국밥을 먹으면서도 책을 읽었다.

점심 식사를 하는 동안, 어머니는 가끔 배가 아프다고 했다. 나는 약간 근심스러우면서도 그리 심각하게 여기지는 않았다. 식사 후에는 마당의 짚동(짚단을 쌓아 묶은 덩어리)에 기대어 따스한 햇살을 받으며 책을 읽었다. 그런데 여동생이 방에서 나왔다.

"오빠, 어머이(엄마)가 많이 아픈 것 같다이."

나는 얼른 방으로 들어갔다.

어머니는 두 손으로 배를 잡고 "아이구, 배야!" 하고 앓았다.

"어머이, 많이 안 좋은기요?"

"특별히 잘못 먹은 것도 없는데……."

"맹임아, 너는 어머이 옆에 앉아 있거라."

나는 부엌으로 가서 불을 지펴 물을 끓였다. 조금 식힌 물을 어머니에게로 가져갔다.

"어머이, 따끈한 물 좀 들어 보이소. 추운 데서 일하시느라고 힘이 들어서 그럴 겁니더이."

나는 어머니가 물을 마실 수 있도록 부축했다.

"좀 어떤기요?"

"조금 있으면 괜찮겠지. 아이구 배야."

어머니는 몸을 이리저리 구르며 심하게 아파했다.

"아이구 배야……."

어머니의 복통은 진정되지를 않았다.

뒷간(화장실)을 드나들며 설사를 했다. 구토도 했다. 복통과 설사와 구토를 겪으며 어머니는 몹시 괴로워했다.

여동생이 큰어머니, 작은어머니에게 갔으나, 다들 논에 가고 안 계셨다.

읍내 조그만 병원에까지 가자면 이십 리(8km)를 가야 한다. 오리(2km) 밖에 한의원이 있기는 하나, 어머니를 모시고 갈 방편도 쉽지 않고, 간다 한들 한의원이 거의 집에 있지 않다는 것을 사람들은 잘 알고 있다.

두세 시간이 지나서 큰어머니가 미음을 끓여 왔다. 어머니는 미음을 조금 들고는 계속 아파했다.

해질녘이 되어, 할머니가 왔다.

할머니는 무르침(좋지 않은 기운이나 악귀를 떨쳐 내는 민간요법)을 하자고 했다. 할머니는 어머니 옆에 냉수와 부엌칼을 놓고 어머니의 배를 쓰다듬기도 하고, 두 손 모아 신령에게 빌기도 했다. 보이지 않는 존재를 향해 "썩 물러가라!" 하고 으름장을 놓기도 했다.

할머니는 어머니의 온몸을 쓰다듬고는 솔잎을 냉수에 적셔 어머니의 몸과 집안 곳곳에 뿌렸다. 마당 한가운데서 사립문을 향해 부엌칼을 휙 집어 던지며 "썩 물러가라!" 하고 호통했다. 그리고 소금을 마당과 사립문에 뿌렸다.

시간이 지나면서 어머니는 차차 안정이 되었다.

어머니가 배를 그렇게 심하게 앓는 것을 보며 나는 여러 가지 생각이 들었다.

아버지와 내가 진주로 가고 난 뒤, 오늘처럼 어머니가 편찮으면 어떡한담. 어머니만이 아니다. 큰집의 할머니, 큰아버지, 큰어머니도 마찬가지다.

큰집에는 할머니, 큰아버지, 큰어머니가 계신다. 할아버지(허종성 許宗成 1891~1951년)는 6.25 전쟁이 일어나던 다음 해 회갑을 막 지내고 중풍으로 돌아가셨다. 할머니(최성경 崔成景 1888~1964년)는 올해 예순두 살이다. 큰아버지(허경도 許敬道 1907~1978년)는 젊은 시절부터 편찮은데, 곧 48살이 된다. 큰어머니(전난귀 田蘭貴 1905~1965년)가 할머니와 큰아버지를 돌보면서 종갓집 며느리로서 책임을 다하느라고 고생이 많다.

큰집에는 사촌누나 두 분(허중순, 허말순)이 있었지만 혼인하고, 심부름할 아이나 젊은 사람이 없다. 작은집에는 작은아버지(허복도 許福道 1914~1986년), 작은어머니(류외헌 柳外軒 1916~1994년), 나보다 세 살 위 사촌누나(허정자)가 있다.

내가 진주로 가고 나면 여동생과 사촌누나가 세 집의 심부름을 해야 한다.

나는 불을 끄고 잠을 청했지만, 12살 고향 떠나는 마음은 무겁기만 했다.

없는 살림에 장차 부딪치게 될 경제적 사정도 걱정이거니와, 가족이 헤어져 지낸다는 것이 견디기 어려운 일로 여겨졌다. 어머니의 갑작스러운 아픔을 보면서, 더욱 그런 생각이 들었다.

✳ 찹쌀떡 한 개 반을 들고

　중학교 입학식은 1955년 4월 6일로 예정되어 있었다. 입학식을 며칠 앞두고 손수레를 빌려 짐을 실었다.

　입을 옷과 곡식, 동솥과 냄비, 밥그릇과 양동이, 간장과 된장과 소금을 담은 항아리, 빗자루와 걸레, 책상으로 쓸 나무궤짝, 아래채 창문에 끼웠던 유리 일곱 장을 실었다. 장작을 가능한 많이 실으려 했다. 농촌에서는 산에서 땔감을 바로 마련하지만, 도시에서는 땔감을 사야 하기 때문이다.

　아버지는 일제 때 사용하던 이발 기구(바리캉, 가위, 면도기, 빗, 면도날을 세우는 숫돌), 중국 발음과 일본어 뜻풀이를 겸한 한자 '대옥편', 자주 읽으며 나에게 뜻풀이해 주던 '명심보감', 일제 때 한약 행상을 하면서부터 간직했던 의학 서적 '방약합편' 등을 특별히 챙겼다.

나도 '국어 소사전', 한자 '소옥편', '수정 증보 국어 대사전' 을 비롯해 책을 챙겼다.

이른 아침 일가친척들과 인사를 나누고, 손수레를 밀고 당기며 동구 밖으로 향했다. 동네 개울을 건너고, 몇 해 전에 우리가 빌려 가꾸던 문중 밭을 지났다. 어머니와 동생의 얼굴이 점점 멀어지고 있었다.

그동안 어머니 곁을 여러 날 멀리 떠나 지낸 적이 없었기에 터지려는 울음을 억지로 참았다. 눈부신 아침 햇살을 받으며 애써 아무렇지도 않은 듯이 바라보고 섰는 어머니와 여동생의 마음은 오죽할까를 생각하니, 눈물이 거침없이 벌컥 쏟아질 듯했다. 그러나 꾹 참아야 했다.

"상촌댁(어머니의 택호), 어린 외동아들을 객지로 보내게 되니, 눈물이 나겠네요?"

"아들이 좋은 일로 길을 떠나는데, 기분이 좋아야지 왜 눈물을 흘려요?"

며칠 전 동네 사람들의 물음에 의연히 대답하던 어머니의 말소리가 적이 안심이 되기도 했다.

아버지, 나, 일꾼(재실 고지기) 등 세 사람은 번갈아 손수레를 밀고 당겼다. 진주까지 칠십 리(28km) 길을 가야 한다.

울퉁불퉁한 좁은 길을 가자니, 속도가 좀처럼 나지 않았다. 버스 길에 다다르니, 속도는 더욱 줄었다. 버스 길은 온통 자갈로 깔려 있었다. 소가 끄는 수레의 바퀴라면 바퀴 가장자리의 폭이 좀 넓기 때문에 바퀴가 자갈에 파묻히지는 않는다. 그러나 우리가 밀고 당기는 손수레의 바퀴는 드럼통의 양쪽을 잘라 만든 것이었다. 바퀴의 가장자리 폭이 좁아 바퀴가 자갈에 파묻히는 바람에 바퀴가 자갈을 제대로 헤쳐 나가지를 못했다. 차들이 지나갈 적에 손수레를 한쪽으로 비켜야 할 경우에는 더욱 힘들었다.

구불구불한 길에다가 가파른 고개를 오르고 내리고 힘들게 한 걸음씩 나아갔다. 버스로는 약 1시간 45분 걸리는 길을 우리는 아침에 출발하여 해질녘에야 진주에 도착했다.

나직한 빈 집 앞에서 손수레를 멈추었다. 아버지가 구한 월세방 집이었다. 석양이 눈부셨다. 일꾼이 약 150m 거리에 있는 공동 우물로 가서 두레박을 빌려 물을 길러 날랐다. 솥을 가져가서도 나르고 냄비를 가져가서도 날랐다. 아버지는 짐을 부리고 그릇을 씻고 장작에 불을 지펴 저녁밥을 지었다. 나는 걸레질을 했다.

집은 부엌에서 마루 앞까지만 판자 울타리를 하고 있었다. 마루는 두 사람이 앉을 만했다. 조그만 방이 셋 있었다. 동쪽 가장자리 방은 집주인의 물건이 들어 있고 잠겨 있었다. 마차를 끄는 집주인은 진주봉래국민학교 뒷문 근처의 윗동네에 살고 있었다. 가운뎃방과 부엌 안쪽에 딸린 골방을 우리가 사용하기로 한 것이다. 골방은 가운뎃방을 통해 들어갈 수 있었다. 골방은 사람이 일어설 정도의 높이는 되지 못했다. 대각선으로 누울 수 있는 크기였다. 골방에서는 봉창으로 바깥을 내다볼 수가 있었다.

월세방 집은 진주봉래국민학교 정문 가까운 곳 수정봉(금산) 동쪽 절벽 아래에 있는 외딴집이었다. 행정 구역으로는 진주시 옥봉북동의 북서쪽 끝모퉁이었다.

우리 집의 뒤와 진주봉래국민학교의 높은 축대 사이에는 자동차와 긴 대나무를 실은 마차가 오가는 한길이 나 있었다. 우리 집 앞에서 두 물길이 하나로 만난 개천은 수정봉 서쪽 절벽, 옥봉 성당, 연화사(절) 앞을 지나 남강으로 흘러갔다.

수정봉 아래 개천가에는 판자 울타리를 한 조그만 집들이 줄지어 있었다. 우리 집이 그 시작 첫 집이기도 했다. 수정봉 꼭대기 오르막으로는 계단식으로 된 땅에 조그만 집들이 촘촘히 있었다.

수정봉에는 옛 가야 시대부터 사람들이 살았다고 했다. 일제 시대에 일본 사람이 수정봉에서 많은 유물을 발굴하여 일본 동경 대학교에 보관해 두었다고 한다. 수정봉 꼭대기에는 옛 무덤의 일부가 남아 있었다.

진주중학교는 우리 집에서 서쪽으로 걸어서 15분 정도 걸리는 곳에 있었다.

4월 6일에는 따스한 봄볕을 받으며 학교 운동장에서 입학식을 했다. 나는 1학년 7반이었고 출석 번호는 7번이었다. 키가 일곱째로 크다는 뜻이다. 교실에서 학급 담임 김동준 선생님의 첫 인사말을 듣고 교과서를 받았다.

교복과 모자와 배지와 가방은 나를 온전히 중학생으로 보이게 했다. 세계사를 가르치는 김동준 담임선생님은 내가 시골 학교 출신이지만 입학시험 성적이 좋았다면서 칭찬을 했다. 각 학년은 8학급, 480명이 정원이었다. 콘크리트 3층 건물 본관만으로는 교실 수가 모자라, 제1학년 6반, 7반, 8반은 운동장 서편 가교사에서 공부하게 되었다.

진주중학교는 진주시의 주산(진산)인 비봉산 앞자락에 자리하고 있었다. 한 울타리 안에 진주고등학교가 있었다. 진주고등학교는 비봉산을 바로 뒤로하여 도심지를 바라보고, 진주중학교는 비봉산과 진주고등학교를 북향으로 하여 바라보고 있었다.

1919년 고종 인산(장례식)에 다녀온 서부 경남 유학자들이 나라 잃은 슬픔을 말하면서, 나라의 독립을 위해서는 교육이 중요하다는 데 뜻을 모으고 학교 설립을 의논하였다.

이에 경상남도 지역 유지 200여 명이 돈을 모아 '일신재단'이라는 것을 만들었다. 그러나 사립 남자 인문 학교 설립은 일제의 탄압으로 억제되어, '일신재단' 은 사립 여자 고등 보통학교('진주여자고등학교' 의 전신) 설립을 인가받았다. 그 대신 남자 학교로 1925년 3월 11일 공립 고등 보통학교로서 진주고등보통학교 설립을 인가받았다. 약 한 달 뒤 1925년 4월 16일에 진주공립고등보통학교로 이름을 변경하였으며, 5년제로 출발하였다. 개교기념일은 4월 24일자로 설정하였다. 첫 해에는 1학년 50명을 모집하였고, 1930년 제1회 졸업생 29명을 냈다.

1938년 4월 '조선 교육령' 개정으로 진주공립고등보통학교는 진주공립중학교(5년제)로 이름을 바꾸었다가, 1950년 4월 '교육법' 에 의해 진주중학교(6년제)로 다시 이름을 바꾸었다. 1951년 9월 1일에는 '교육령' 개정에 따른 학제 변경으로 제1, 2, 3학년은 진주북중학교로 분리되고, 제5, 6학년은 진주고등학교 제2, 3학년으로 편입되었다. 진주북중학교는 1953년 2월 3일 진주중학교로 이름을 바꾸었다. 행정 구역으로는 진주시 상봉동동에 속했다.

나는 진주에 온 그날로부터 밤이면 잠이 제대로 들지 않았다. 호롱불을 끄고 누우면 눈물이 줄줄 흘렀다. 베개를 만져 보면 눈물로 홍건히 적셔 있었다. 어머니와 여동생과 고향 집 생각이 눈물을 한없이 만들어 냈다.

고향 집

홰 치는 첫닭 울음
서당글 늦을세라
후다닥 찬 공기 마당에 나서면
총총히 총기 서린 새하얀 하늘은
불꽃처럼 깨어 있고,
산도 고요 들도 고요.
지친 듯이 마을은 자고 있었지.

그 한 곳 내 집이
누나와 누이동생 우리 다섯 식구
안산 앞에 두고 포근하였지.

아침 이슬 촉촉
동구 밖 밭둑 밟으며
쇠똥 거름 묵직이 망태 속 주워 담으면
등 뒤엔 부스스
갈잎 소리처럼 퍼지는 햇살.
그 햇살 사뿐사뿐
내 집으로 나를 따라 들었지.

장개턱 산비탈 가쁘게 올라
불땔감 갈비 부지런히 긁으면
사슴은, 순한 사슴은
지겟다리 살피며 어질게 서성였지.

앞산 옆산 일곱 빛깔 무지개
가슴에 쥐고
저녁 연기 치솟는 마을 내려서면
빨래하던 누나들, 아낙들, 할머니들
새각시 베개만큼이나 젊어졌다고
놀려대었지.

낯 붉혀 허겁지겁
사립문 들어서면은
고맙게도 콩이파리 국밥
무척이나 배불렀지.

김매다
민들레 핀 논두렁에 서면
사방은 어질게 높은 산봉우리.
저 꼭대기 오르면
구름보다 나는 높을까,
하늘보다 나는 높을까,
밤이면 별도 달도
곱게 곱게 만질 수 있을까,
나는 꿈 크고 생각 부풀었지.

맑은 가을
배추 사러 가신 아버지 마중 나갈 적
높은 고개 불티재 내달으며

고개 너머 세상은
무엇이 가득 무슨 모습일까,
끝은 얼마나 간 데 없을까,
나는 숨 거칠고
가슴 터지고 피 끓었지.

내게는 늘
두세 살 너댓 살 그때 그 일 생생한
고향 집이 있고
오붓하고 알뜰한 그 사랑
지금도 따스하여
멀리서 눈 떠도 감아도
내게는 언제나
고향 집 행복.

----

* 서당글 : 서당 공부.
* 갈비 : 소나무 낙엽. 갈쿠리로 긁어모아 땔감으로 사용함.
* 장개턱 : 산등성이 이름.
* 불티재 : 경남 의령군 칠곡면과 화정면의 경계를 이루는 높은 고개. 칠곡면에서 진주시로 가
  려면 이 고개를 넘어야 함.

아버지는 일정한 일자리를 구하지 못한 채, 날마다 한복 바지
차림으로 네 개의 일제 면도기가 든 조그만 상자를 들고 다녔다.
일손이 모자라는 이발관을 만나면 일당 보수를 받으며 일을 하기
위해서였다. 처음으로 진주시청에서 가까운 이발관에서 일하고
돌아온 날 저녁에 아버지의 기분은 몹시 좋아 보였다.

며칠 뒤에 아버지는 상봉서동에서 날일을 할 수 있게 되었다고
했다.

그날 저녁 나는 동솥에 물에 불려 둔 보리쌀을 깔고 쌀을 조금
얹어 손가락으로 물의 양을 가늠하며 저녁밥을 지었다. 반찬으로
는 냄비에 양파 잎과 멸치를 넣은 된장국을 끓였다. 아버지가 오
기를 기다렸다. 어둑해져도 아버지는 돌아오지 않았다.

나는 아침에 아버지가 언뜻 말한 상봉서동에 있는 '후생이발
관'이라는 말이 생각났다. 낯선 길을 허우적거리며 무작정 마중
을 나섰다. 사람들에게 상봉서동이 어디쯤인가를 물으며 뛰었다.
아버지와 길이 어긋나면 어쩌나 하는 생각이 들어 빨리 뛰었다.
진주중학교, 진주여자고등학교를 지나며 뛰었다. 논도 보이고 밭
도 보였다. 우리 집은 진주의 동쪽이고, 상봉서동은 진주의 서쪽
이었으니, 먼 거리일 수밖에 없었다.

달이 밝았다. 이 사람 저 사람에게 물어 본 결과 한 사람이 '후
생이발관'의 위치를 알려 주었다. 커다란 못이 있었다. 이름이
'가마못'이라고 했다. 가마못의 한 모서리 언덕에 큰 정자나무가
있었다. 정자나무 길가에 한자로 '후생이용소'(厚生理容所)라고
세로 글씨로 쓰인 나무 간판이 어슴프레 보였다. 도시에서는 '이
발관'을 '이발소', '이용원', '이용소' 등으로 부르고 있음을 알
았기 때문에, 여기가 아버지가 말한 그 이발관이구나 하는 반가
운 생각이 들었다. 이발관에서 불빛이 새어 나왔다.

조심스럽게 이발관 문을 열었다. 아버지가 혼자서 청소를 하고 있었다. 아버지는 나를 보자마자 놀라며, 여기가 어딘 줄 알고 멀리까지 찾아왔느냐고 나무라듯이 말했다.

항상 말이 적었던 나는 아무 말도 못 하고 아버지의 뒤를 따라 집으로 오며 생각했다.

"아버지는 일자리를 찾기 위해 얼마나 많이 다니셨기에, 이 먼 곳에까지 오시게 되었을까?"라는 생각을 했다.

"이발관 주인이 집안에 바쁜 일이 생겨서, 사흘을 더 여기서 일할 수 있게 되었다."

하고, 아버지가 길을 걸으면서 말했다. 나는 듣기만 하고 묵묵히 아버지 뒤를 따랐다.

"내일부터는 내가 늦더라도 오지 마라. 저녁밥을 먼저 먹어라."

"예."

그래도 나는 사흘 동안 계속 아버지의 마중을 나갔다. 길 중간에서 하얀 한복 바지의 아버지를 얼른 알아차리곤 했다. 마지막 날은 저녁도 먹지 않고 마중 나왔음을 야단할까 봐 이발관 앞 어둠 속 길가에 몰래 주저앉아 불빛이 꺼지기를 기다렸다.

그 뒤로는 아버지는 이발관 일자리 찾기가 쉽지 않았다. 아버지는 농사 일 때문에 고향에 며칠 다니러 가야 했다. 나는 외딴집에서 혼자 지내게 되었다.

저녁 무렵에 우리 집 앞에 혼자 세 들어 사는 젊은 아주머니가 나를 찾았다. 앞집은 비교적 깨끗한 판자 울타리를 한 집이었다. 젊은 아주머니는 방 안에 열쇠를 두고 나왔으니, 판자 울타리를 넘고 들어가 대문 열쇠를 좀 내어달라고 했다.

그렇게 하였더니, 아주머니는

"지난 해 담근 김치인데, 많이 시큼해. 학생이 신 김치를 좋아
할지도 몰라 주고 싶었다."

고 하며, 김치를 가져왔다. 그 다음날은 교회에서 가져온 것이라
며 백설기(시루떡)를 나에게 주었다.

젊은 아주머니는 늘 성경책을 들고서 나들이를 했다. 젊은 아주머니는 만나는 사람마다 예수 믿으라는 말을 했다. 그런데 내게는 자기 집 방 안을 선뵈면서도 한마디도 전도하는 법이 없었다.

그 대신

"어쩌면 학생처럼 착하고 축복된 사람으로 살 수 있을까."

하고, 나에게 물었다.

어느 날 밤에는 판자문을 마구 두드리는 사람이 있었다. 술에 잔뜩 취한 어른이 우리 집에서 자고 가야겠다며 사납게 괴롭히는 것이었다. 나는 잘 방이 없다며 변명했다. 간신히 술 취한 사람을 집 밖으로 내보내고서는 할머니의 재종 여동생 댁을 찾아가 하룻

밤을 잤다. 내가 중학교 입학시험을 보러 왔을 때에 잠을 잤던 곳이었다.

나는 이런 경험들을 하며 낯선 객지 생활을 익혀 나갔다.

한 달 정도 지나서 학교에서는 개교기념일에 즈음하여 교내 마라톤 대회를 열었다. 그 해 개교기념일은 일요일인지라, 다른 날에 대회를 열었다.

약 1,500명의 학생이 시가지의 먼지를 일으키며 뛰었다. 가마못을 거쳐 시골 보리밭 언덕을 돌아오는 코스였다. 나는 고무신에 고무줄을 감고서 뛰었다. 학교로 달려 들어와, 170등이라는 쪽지표와 단팥을 소로 넣은 찹쌀떡 두 개를 받았다. 찹쌀떡은 아기 손바닥 크기만 했다. 찹쌀 반죽을 시루에 쪄 콩고물을 묻힌 시골 인절미와는 전혀 다른 것이었다.

학생들은 찹쌀떡 두 개를 당장에 먹고, 매점으로 몰려가 양과자나 음료수를 줄을 서서 기다리며 사 먹었다.

나는 물만 배부르게 들이켜고 집으로 왔다. 찹쌀떡 하나를 반쪽으로 잘라서 아버지에게 드렸다. 나는 아버지에게 찹쌀떡 하나는 고향으로 가져가겠다고 했다. 아버지는 그렇게 하라고 하면서, 자른 반쪽은 나더러 먹으라고 했다.

나는 "예."라고 했으나, 어머니가 맛보기 전에는 그럴 수가 없었다. 눈물이 앞을 가리는 것을 참을 수 없었다. 아버지 앞에서 자리를 피해 나머지 한 개 반을 종이에 싸서 시원한 곳에 두었다.

마라톤 대회 다음날은 토요일로 수업이 없었다. 책가방을 들고 고향을 향해 달렸다. 진주의 동쪽 높은 고개인 말티고개를 넘고 일제 때 아버지의 양수기 사업 실패 저수지였던 장재못을 지났다.

시원한 남강 둑을 뛰고, 시원한 냇물을 건넜다. 땀을 온몸에 적시며, 지름길을 묻고 묻고 뛰고 뛰고 걷고 걷고 쉬기도 했다. 상쾌한 하늘과 들과 산길을 혼자 독차지한 기분이었다. 새소리도 짐승 소리도 나의 고향 길을 즐거워했다.

손수레를 밀고 끌고 할 때의 자갈길 큰길은 멀고 힘들었는데, 오늘 고향 가는 길은 날아가듯 홀가분했다. 가족과 고향을 떠나 말 못 하며 밤마다 눈물로 베개 적시다가 어머니 계시는 고향으로 달려가는 열두 살 어린 마음을 누가 잠작하리요.

고향 집에 도착하니, 가랑비가 조금씩 내렸다. 어머니에게 큰절을 올렸다. 여동생이 기뻐했다. 종이에 똘똘 말았던 찹쌀떡 한 개 반을 내놓았다. 어머니와 여동생이 먹을 것, 할머니가 계시는 큰집에 가져갈 것으로 나누었다.

우리 가족의 모든 희로애락이 쌓여 있는 고향 집. 그날 밤은 고향 집에서 어머니 곁에서 포근히 잠들 수 있는 행복에 잠기었다.

✳ 고난도 시련도 나의 인생

나의 중학교 공부 시작 얼마 동안은 우리 가족은 두 살림을 하였다. 아버지와 나는 진주에서 살고, 어머니와 여동생은 고향에서 살았다. 그러다가 두 달 뒤부터는 안정된 생활을 하기 위해 한 살림을 하기로 했다.

1955년 6월 어머니와 여동생도 진주로 왔다. 여동생은 진주봉래국민학교 3학년으로 전학했다. 농사는 고정된 동네 일꾼을 두어 짓기로 했다.

어머니와 동생이 진주로 온 지 바로 얼마 뒤 6월 하순에는 집주인에게 일이 생겨 셋방을 비워야 했다. 우리는 비봉산 기슭 진주고등학교 동북쪽 담장 바로 옆으로 이사했다. 행정 구역으로는 상봉동동에 속했다. 여동생은 학교 다니기가 좀 멀어졌지만, 나는 학교가 더 가까워졌다.

집주인은 위채에 살았다. 아래채에는 한쪽은 집주인의 창고였고, 다른 쪽은 우리가 세 든 방이었다. 부엌은 바깥으로 노출되어 있어, 비가 내리거나 찬바람이 불면 밥 짓기가 쉽지 않았다. 방의 천장은 따로 없었고, 걸친 나무에 양철을 얹은 지붕이 천장을 겸했다.

이사한 뒤에 첫 비가 내렸다. 방바닥에 빗물이 떨어졌다. 양철 지붕이 삭아 있는 것을 그제야 알았다.

이틀간 폭우가 쏟아진 적이 있었다. 굵은 빗방울에 삭은 양철 지붕이 마구 뚫리면서 낮에도 밤에도 방에는 물이 거침없이 쏟아졌다. 식구들은 밤낮으로 바가지와 물동이와 밥그릇으로 빗물을 받아 밖으로 쏟아 부었다. 방바닥에 펼쳐 둔 물걸레로 물을 계속 짜냈다.

우리 가족은 하늘도 땅도 사람도 원망하지 않았다. 나는 어떤 고난도 시련도 나의 인생이라는 점을 외면하려 하지 않았다.

드디어 비가 갰다. 한밤중에 가만히 누워서 천장 구멍으로 하얀 하늘을 올려다보았다. 내가 잠든 뒤에도 저 송송한 구멍문으로 하얗게 내다비치는 하늘을 향해 내 꿈이 마냥 오르내릴 수 있기를 바랐다.

아버지는 이 이발소 저 이발소를 찾아다니며 가끔씩 일자리를 만나곤 했다.

7월 하순부터 시작된 여름 방학에는 아버지만 진주에 있고, 세식구는 고향 집에서 여름을 지내기로 했다. 어머니는 보따리를 이고, 여동생과 나는 책과 물건을 넣은 보따리를 들고 뙤약볕 길을 걸었다.

점심때쯤에는 진양군 단목면 단목리에 사는 큰고모 댁을 들렀다. 햅쌀이 나자면 아직 한참 있어야 할 시기였다. 점심으로 삶은 고구마를 몇 뿌리씩 먹고 다시 걸었다. 한길을 걷고 가파른 산 고개를 넘고 넘었다. 산골물에 땀을 씻기도 하고 나무그늘에 앉기도 하면서, 저녁 무렵에 고향 집에 도착했다.

얼른 마루와 방을 닦고 고단한 몸을 풀었다. 마루가 널찍하고 마당이 시원한 고향 집이었다. 하늘이 탁 트이고 산과 들이 한가로운 고향이었다.

우리 고을은 깊은 산간 내륙 지방인지라 가뭄이 아주 심했다. 집집마다 벼농사를 크게 걱정하고 있었다. 우리 농사는 일꾼에게 부탁해 둔 상태이지만, 나는 논두렁을 돌며 안타까워했다. 식구들이 웅덩이에 물대를 설치하고 물을 퍼 올리던 일들이 생각났다. 저수지에서 때를 맞추어 저수지 물을 열어 주면 사람들은 밤새도록 차례를 기다려 가며 자기 논으로 물길을 잡아 주던 일도 생각났다.

우리 고을에는 가뭄이 심하면 고을의 주산(진산)인 자굴산에 올라가 기우제를 지내곤 했다. 단군 신화에 환웅이 비를 맡아 보는 우사를 거느리고 땅으로 내려왔다는 것이 적혀 있다. 삼국 시대, 고려 시대, 조선 시대에 임금과 조정 대신들이 근신하는 가운데 명산 대천, 시조묘, 종묘 사직 등에 기우제를 올렸다는 기록이 있다. 우리 민족의 기우제는 그 뿌리가 매우 깊었다.

우리 고을에서 가장 높은 산인 자굴산 꼭대기에서 기우제를 지낼 때에는 우리 면의 사람들만 기우제를 지내기도 하지만, 자굴산에 닿아 있는 다른 이웃 면의 사람들과 합동으로 기우제를 지내기도 했다. 기우제는 하루만 지내기도 하고 이웃 면 사람들이 여러 날 번갈아 가며 지내기도 했다. 기우제에는 관공서와 민간인이 일체가 되어 참례했다.

면장을 비롯해 기우제에 직접적으로 관여하는 사람들은 여러 날 동안 몸과 마음을 정결히 했다. 듣고 보고 먹고 입고 나들이할 때에는 좋지 않은 것은 멀리했다.

이번 가뭄에도 기우제를 지내기로 했다. 이번 기우제에는 이웃 여러 면과 합동으로 지내기로 했다. 축문은 한문 문장에 뛰어난 나의 오촌 아저씨(허점도)가 쓰고 읽기로 했다.

고향에서 살 때, 날마다 바라보며 자라던 자굴산이었지만, 우리 동네에서는 좀 멀리 떨어져 있었다. 그래서 나는 산기슭이나 산 중턱까지는 여러 번 가 보고, 산꼭대기까지는 가 보지 못했었다.

진주의 비봉산에서도 보이는 자굴산이었다. 인제 중학생이 되었으므로, 교복을 입고 당당히 산꼭대기에까지 가고 싶었다.

나는 대여섯 아이들과 함께 산을 올랐다. 자굴산에는 나직한 산들에서는 볼 수 없는 나무와 풀과 꽃이 자라고 있었다. 약초도 많았다. 특이한 새와 나비와 벌레도 많았다. 짐승들도 많았다. 자굴산 호랑이 이야기는 자주 들었다.

키보다 길게 자란 억새풀을 잡으며 상상봉을 향해 올랐다. 수십 미터 비탈에 가파르게 깔려 있는 돌무더기는 참으로 멋졌다. 돌무더기를 엉금엉금 기어올랐다. 험준한 작은 골짜기를 만났다. 나는 중간에 서서 아이들의 손을 잡아 주며 무사히 골짜기를 올라가도록 했다. 인제 내가 마지막으로 올라갈 차례였다.

바로 그때였다.

"만길아!"

하는 소리에, 나는 좁은 골짜기의 위를 쳐다보았다.

내 앞에서 오르던 아이가 잘못 밟은 탓에 큰 돌덩이가 굴러 내려오지 않는가. 나는 제대로 피할 겨를도 없다는 생각이 들었다. 정신이 아찔하면서 다시 보니, 큰 돌덩이는 어느새 나보다 아래쪽에서 굴러 내려가고 있었다. 천우신조가 있었구나 하는 생각이 들었다.

산꼭대기에 올랐다. 기우제는 동쪽 산꼭대기에서 준비되고 있었다. 아이들은 기우제 올리는 바로 가까이에는 오지 말라고 했다. 나는 서쪽 산꼭대기에서 비를 내려 줄 것을 빌었다. 그리고 가뭄에도 마르지 않는다는 산꼭대기 아래에 있는 금지샘에서 목을 축였다.

기우제가 끝난 뒤, 함께 오르던 아이들은 가파른 길을 미끄러지며 넘어지며 신나게 뛰어내렸다. 산을 다 내려오기도 전에 큰비가 쏟아졌다. 한시름 놓게 하는 단비였다.

저녁이면 시원한 우리 고향 집 마루에는 많은 사람들이 놀다 가곤 했다. 나는 동창들을 만나러 이웃 동네에 가기도 하고, 옆집 사랑방에서 중학교에 진학하지 못한 사람들에게 영어 알파벳을 노래를 곁들여 가르치기도 했다.

그런 가운데서도 나에게는 큰집에 있는 할머니와 함께 보내는 시간도 중요했다. 당시 시골에서는 고대 소설을 읽을 수 있는 수준의 나이 든 여성을 찾기란 쉽지 않았다. 대부분 학교 교육도 서당 교육도 받을 기회가 없었기 때문이다. 남존여비 사상이 강한 데다가 남녀 할 것 없이 문맹률이 아주 높은 시절이었다.

우리 할머니와 우리 어머니는 기억력과 문장력이 뛰어났다. '춘향전', '심청전', '옥단춘전', '콩쥐팥지전' 등을 줄줄 외었다. 할머니는 '삼국지' 이야기도 동네 사람들에게 술술 했다.

밤늦도록 동네 아주머니들은 할머니가 읽어 주거나 외어 주는

110

고대 소설을 듣기 위해 끊일 날 없이 모였다. 동네 사는 사람들뿐만 아니라, 동네에 손님으로 오면 그 손님도 할머니에게 와서 고대 소설을 듣곤 했다. 할머니가 책을 읽어 나가면 방 안 가득 앉았던 사람들은 눈물을 줄줄 흘리기도 하고, 통쾌하게 웃음을 웃기도 했다. 대가족 제도에서 시부모 봉양하랴 남편과 자식 뒷바라지하랴 긴장은 쌓이고 마음의 여유를 갖지 못하던 아주머니들에게 할머니의 이야기는 큰 위안이 되었다.

할머니는 '세 집 외동아들'인 나를 위해 아침마다 해 뜨는 동녘 하늘을 바라보며 두 손을 모아 기도를 했다. 착실한 불교신자인 할머니는 초파일(부처님 오신 날)은 물론이고 단오와 백중을 비롯해 전통 명절에는 걸어서 3시간 정도 걸리는 절에 가서 불공을 드렸다.

내가 초등학교에 다닐 때 어느 해에는 나도 할머니를 따라 절에 갔다. 초파일 전날, '영법사' 절에 가서 하룻밤을 잤다. 따로 잘 방이 없어 나는 법당 불상 바로 앞에서 잤다.

초파일 예불을 올리고, 집으로 돌아오는 한길에서 죽어 있는 개구리를 보았다. 나는 앞서가는 할머니의 끊임없는 재촉도 못 들은 채 개구리의 명복을 한참 빌었다.

할머니는 내가 서당에 다닐 적에는 국민학교에만 들어가면 혼인을 시켜 후손을 빨리 보겠다고 하고, 내가 국민학교에 입학했을 때에는 열 살만 되면 혼인시키겠다고 했다. 그러나 나는 스무 살도 훨씬 넘어 혼인하였는데, 할머니는 나의 혼인을 보지 못하고 이승을 뜨셨다.

할머니는 민요도 끝없이 많이 외고 있었다. 그래서 이번 여름 방학 때에는 할머니가 처녀 시절에 부르던 민요를 불러 달라며 졸랐다. 할머니가 부르던 민요를 나는 연필로 받아 적기도 했다.

울도 담도 없는 집에

울도 담도 없는 집에
명주 베 땅땅 짜는 처녀
뉘 간장을 녹이려고
저리 곱게 생겼는고?
돌아가소, 돌아가소.
집에 가서 매패(매파, 중매쟁이)를 보내소서.

우리 군주 심은 나무

우리 군주 심은 나무
삼 정승이 물을 주어
육한 대사 뻗은 남게(나무에)
팔도 감사 꽃이 피어
그 끝에 열매 열어
해도 열고 달도 열고
해는 따서 겉을 하고

112

달은 따서 안을 하고
상별 따서 상침(질 좋은 바늘) 놓고
중별 따서 중침(중간 굵기의 바늘) 놓고
쌍무지개 선을 둘러
풍개(자두) 만개(가시 달린 나무 열매의 일종) 끈을 달아
좋은 줌치(주머니) 집어(기워) 내어
서울에 올리다가
동대문에 걸어 놓고
올라가는 구감사야
내려오는 신감사야
줌치 구경하고 가소.
그 줌치 누가 지었노?
아지미 딸 아짐기미
기지미 딸 기짐기미
우리 누(누나) 봉산기미
서이(셋이) 앉아 지은 줌치
은이라도 열다섯 량
금이라도 열다섯 량
서른 량이 본값이라.

여름 방학에는 10년 만에 외갓집에 다니러 갔다. 거리로는 약
이십오 리(10km)였다. 여동생이 태어나기 전 두 살(1945년) 때 어
머니, 누나와 함께 가 보고 처음 가 보는 외갓집이다.
의령면의 남산을 넘었다. 어릴 때의 기억이 살아났다. 그때 어

113

머니는 산길을 천천히 내려오고 나는 누나의 손을 잡고 먼저 뛰어 내려갔었다.

이번에는 나 혼자 앞장서고, 어머니와 여동생이 조심조심 비탈길을 내려왔다. 외갓집은 의령면 만천리 가운데서도 가장 깊숙한 부락에 있었다. 산등성이의 맨 뒤쪽에 있는 외갓집의 뒤뜰은 푸른 대나무가 무성했는데 산중턱에서 내려다보니, 지금도 변함없었다.

대문을 들어서니, 사랑채 마루에서 외할아버지가 반갑게 맞이하고, 안채에서 큰외숙모와 외사촌 내외가 얼른 나왔다. 집안을 눈으로 둘러보니, 어릴 때에는 책을 넣은 서고가 따로 있었는데, 지금은 불탄 자리에 나무 숯덩이만 남아 있었다.

두 살 적에는 외갓집에서 하룻밤을 자고 난 뒤, 나는 어서 집에 가자고 어머니에게 졸랐다. 하룻밤을 더 자고 가자고 어머니와 누나가 달래도 나는 한사코 가자고 졸랐다. 나는 울면서 어서 집에 가자고 졸랐다. 외사촌 형이 유성기(축음기)를 틀어 주며 달래었지만, 나는 아랑곳하지 않았다. 결국 그때는 점심도 먹은 둥 만둥 나 때문에 어머니와 누나는 하룻밤만 자고 외갓집을 나서야 했다. 나는 그때의 기억이 생생했다. 외갓집 가족들도 그 일을 잊지 않고 있었다.

외갓집은 광주(光州) 노(盧)씨다. 윗대 조상이 전라도 광주에서

114

살다가 임진왜란 때 난을 피하여 이곳 경남 의령군 의령면 만천리 산골로 와서 수백년 동안 씨족 마을을 이루며 살아왔다. 그래서 만천리를 '노촌'(盧村)이라고도 했다. 외증조부(노정훈 盧正勳)는 한학과 한시에 능통하였고 의령 고을에서 향장(좌수)을 지냈다.

일흔세 살의 외할아버지(노형용 盧馨容 1882~1958년)도 영남에서 널리 알려진 한학자였다. 큰외숙부는 진주를 비롯해 큰 도시에서 한시 백일장이 열리면 장원으로 뽑히어, 집으로 돌아올 때에는 타고 있는 말이 온갖 색동 장식을 하고 있었다고 했다.

그러나 큰외숙부는 젊은 나이로 세상을 떠났다. 큰외숙모가 중심이 되어 집안을 이끌어가고 있다. 나의 어머니는 현대식 학교 교육은 받지 못했지만, 맏딸로서 가정 교육을 통해 글공부를 상당히 하였다.

외할아버지는 키가 훤칠하고 코가 우뚝하고 이목구비가 걸출했다. 수염이 한 뼘 이상 길었으며, 사랑과 위엄이 넘쳤다. 이번에는 외갓집에서 이틀 밤을 자기로 했다. 국민학교 1학년 때부터 명절이면 동네 사람들에게 '토정비결'(土亭秘訣)을 보아 주는 일로 바빴던 나는 외할아버지에게 역학(易學)을 가르쳐 달라고 했다.

외할아버지는 기특하게 생각하며 첫날 저녁에는 팔괘(八卦)의 기초를 가르쳐 주었다. 나는 팔괘의 모양과 상징을 익히고, 왼손가락 마디에 그것을 배치하여 운용하는 법을 배웠다.

"감중련(坎中連), 간상련(艮上連), 진하련(震下連)……."

다음날 저녁에는 택일에 대해 공부했다. 여행, 이사, 혼인 등에서 좋은 날, 좋지 않은 날을 뽑아내는 이론인데, 팔괘와 12지지와 육십갑자와 손가락 마디를 활용했다.

"일상생기(一上生氣), 이중천의(二中天宜), 삼하절체(三下絶體)……."

외할아버지에게서 한문을 배운 바 있다는 머리를 길게 땋은 동네 누나들도 함께 공부했다. 누나들은 나의 민첩한 이해를 도저히 따를 수 없다며 감탄했다. 나를 처음 가르쳐 보는 외할아버지도 칭찬을 많이 했다.

그 뒤로 외할아버지에게서 더 깊이 역학을 배울 기회를 갖지 못한 나로서는 늘 아쉽기만 했다.

세월이 흐른 뒤 나는 전문가들을 찾아다니며 역학(추명학)과 풍수지리학을 공부했다. 그럴 때마다 외할아버지에게서 팔괘를 배우던 일이 생각났다.

외사촌 형에게는 오래된 책뿐만 아니라, 현대 서적들도 많았다.

나는 김동리 지은 평론집 '문학과 인간' 이라는 책을 골라 읽었다. 국한 혼용으로 된 책이었다. '문학과 인간' 가운데는 김소월의 시 '진달래꽃'과 '산유화'에 대한 비판 부분이 있었다. 이것이 나로서는 책 속에서 노골적인 비판을 읽는 첫 순간이었다.

116

그때 나는 완전할 것만 같았던 어른 지식인들의 세계가 서로 다투어야 할 정도로 불완전하기도 하구나 하는 생각을 했다. 어른 지식인들도 다른 사람의 흠을 날카롭게 끄집어내어 못 마땅히 여기는 마음씨를 지니고 있구나 하는 생각을 했다.

외갓집에서 고향 집으로 돌아오니, 논에는 길게 자란 벼가 이삭 피울 준비를 하고 있었다. 해마다 열리던 피 뽑기 대회가 있었다. 동네 사람들이 여럿이 한데 모여 자기 논, 남의 논을 가리지 않고 이 논 저 논에 함께 들어가 벼 사이에서 연한 녹색이나 자갈색 꽃으로 길게 솟은 피를 뽑는 일이다.

나도 다른 해처럼 피 뽑기 대회에 참가했다. 서쪽 산 아래 상여집이 바라보이는 논에서 열대여섯 사람이 피를 뽑아 나갔다. 피를 발견하면 걸음을 멈추어 피 줄기를 뽑아 쥔 뒤, 다음 걸음을 옮기는 것이다.

나도 한창 피를 뽑아 나갔다. 오른쪽 발등이 발걸음을 떼어놓을 때 차가운 것을 느꼈다. 발등에 약간의 무게도 느껴졌다. 하도 이상해서 무성한 벼 포기 사이로 발등을 내려다보았다. 천만 뜻밖에도 약 40cm의 독사가 발등에 얹혀 있는 것이 아닌가.

시골 사람들은 구렁이가 집의 담을 기어 다니는 것을 더러 본다. 물뱀은 모내기를 할 경우에는 사람들의 옆을 둥둥 떠다니듯이 유유히 헤엄쳐 지나가기도 한다. 그런데 독사는 모습도 특이

할뿐더러 사람 사는 동네에는 쉽게 나타나지 않는다. 몇 해 전 산에서 나무를 할 때 나이 든 사람들이 까치독사라며 잡았던 것과 같은 모습과 색깔이었다.

나는 평소 뱀을 무서워한 편이었다. 그런데 그 순간에는 무섭다는 생각보다는 침착한 마음이 되면서 발을 높이 들어 앞으로 떼어 놓으려 했다. 그러자 독사는 얌전히 발등을 내려갔다. 그리고 난 뒤에야 나는 온몸이 오싹했다.

이렇게 중학생이 되어 처음 맞이한 여름 방학은 나에게 여러 특이한 체험들을 하게 했다.

✳ 일하며 공부하며

중학교 2학년(1956년) 봄에는 봉래동으로 이사했다. 학교에까지는 서쪽으로 걸어서 5분이면 충분했다. 봉래동 사무소에서도 가까운 곳이었다. 여동생은 동쪽으로 걸어서 10분이면 진주봉래국민학교에 도착할 수 있었다.

이 지역은 오랜 전부터 서(徐)씨들이 많이 사는 곳이다. 우리가 세 든 집은 아주머니가 주인이었다. 남편은 죽고 아주머니가 4남매의 홀어머니였다. 집주인의 아들도 서씨였다. 우리 집 뒤의 큰 대문집도 서씨였다.

우리가 세 든 집과 큰 대문집 사이는 판자를 세워 경계를 짓고 있었다. 우리가 세 든 집과 큰 대문집은 원래는 한 필지의 땅이었다고 했다. 그래서 세 든 집의 대문을 들어서자마자 보이는 변소

119

(화장실)도 가운데를 판자로 막아 이쪽 저쪽에서 사용하고 있었다. 변소의 밑바닥 구덩이는 하나였다.

집주인이 방 두 칸을 쓰고, 우리가 방 두 칸을 썼다. 대문과 변소를 지나면 닭장이 있고, 닭장 옆에 우리 셋방의 부엌이 있었다. 우리 방은 앞뒤로 두 칸이었고, 집주인의 방은 옆으로 두 칸이었다.

이웃은 분위기도 좋고, 인심도 좋았다. 특히 큰 대문집에는 2남 3녀의 아이들이 있었는데, 두 쌍둥이를 둔 집으로 널리 알려져 있었다. 윗 쌍둥이는 남녀였는데 나보다 한 살 위였고, 아랫 쌍둥이는 둘 다 국민학교에 다니는 여자였다.

우리가 세 든 집의 주인은 우리 가족을 세상에 법이 없어도 될 사람들이라며 동네 사람들에게 자랑했다. 큰 대문집 부모와 자녀들도 우리 가족에게 인정이 많았고 정중하게 대해 주었다. 큰 대문집 아주머니는 특별히 만든 음식이나 김장철에 담근 맛난 김치를 우리에게 보내 주었다.

큰 대문집 안채 마루에는 큰 벽시계가 걸려 있었다. 아침저녁 울리는 벽시계는 시계가 없는 나에게 큰 고마움이었다. 미처 벽시계 치는 횟수를 잘못 계산하지 않았나 싶으면, 나는 판자 틈으로 시계 바늘을 살피며 시간을 확인하곤 했다.

한복 바지를 입고 이 이발소, 저 이발소를 찾으며 날일을 해 오던 아버지는 진주에 왔던 첫해 겨울부터는 진주봉래국민학교 교내 이발소 주인의 요청에 따라 그곳에서 일하는 빈도가 잦았다. 이발소 주인이 건강이 좋지 않아 아버지에게 부탁하는 수가 많았기 때문이다. 그러다가 이듬해(1956년) 봄부터 몇 달 동안은 교내 이발소 주인이 거의 지속적으로 아버지에게 일을 맡겼다. 그리고 교내 이발소 주인의 건강 악화로 아버지가 교내 이발소의 모든 것을 물려받게 되었다. 아버지의 옷차림도 한복 바지에서 작업복으로 바뀌었다.

이 일터에서 아버지는 주인으로서, 나는 아침과 오후에 출근하는 보조 이발사로서 일하였다. 당시에는 공공 기관이 아닌 일반 일자리의 종업원에 대해서는 직공이라는 말을 많이 썼다. 그래서 나도 이발소에 있을 때에는 이발소 직공이라는 말을 듣게 되었다. 비록 조그만 공간이면서 적은 수입이기는 하지만, 우리 가족이 진주를 떠날 때까지 너무나 소중한 일터였다.

진주봉래국민학교는 비봉산 꼭대기에서 동쪽으로 흘러나온 줄기의 기슭에 위치하고 있었다. 진주봉래국민학교의 뒷산도 비봉산이기는 하지만, 비봉산 꼭대기에서 흘러나온 줄기이므로 사람들은 이 뒷산을 특별히 봉래산이라고도 했다. 그래서 봉래산 아래에 있는 동네를 봉래동이라 하고 봉래산 기슭에 있는 학교를 진주봉래국민학교라고 했으리라고 짐작한다.

진주봉래국민학교는 진주의 도심지에서 보면 북동쪽의 높은 지대에 자리하고 있었다. 1910년에 개교한 유서 깊은 학교로서 여러 면에서 다른 학교의 모범이 되고 있었다.

학교에는 6.25 전쟁이 할퀴고 간 상처가 그대로 남아 있었다. 학교의 모든 건물이 불타 버렸던 것이다. 약 2,000명의 학생들은 군데군데 흩어져 있는 가교사에서 2부제 공부를 하고 있었다. 본관 건물조차 아직 들어서지 않았으며, 아버지가 교내 이발소를 인수하고 난 훨씬 뒤에야 산을 깎은 자리에 2층 콘크리트 건물 기초 공사가 시작되었다. 그리고 그 건물이 완성된 뒤에도 학교에서는 이를 본관이라 하지 않고 신관이라고 했다. 아마 새로 지은 건물 자체가 규모면에서 크지 않고, 교무실을 계속 단독 가교사에 두고 있었기 때문이 아닌가 싶었다.

나는 진주봉래국민학교 교내 이발소에서 일하게 됨에 따라, 이 학교 사정에 점점 익숙해 갔다.

신관 건물에서 수십 돌계단을 내려서면 운동장이다. 학생들이 여기서 조회를 마치고 제각기 교실로 들어갈 때에는 대체로 다섯 갈래로 행렬이 진행되었다. 첫째 갈래는 운동장과 수평을 이룬 서쪽 터에 자리한 가교사로 가는 행렬이었다. 둘째, 셋째, 넷째 갈래는 세 군데 계단을 올라 가교사와 신관으로 오르는 행렬이었다. 다섯째 갈래는 운동장의 북동쪽 흙비탈을 조심스럽게 기어올라 가교사로 가는 행렬이었다.

운동장의 남쪽 끝에도 역시 돌로 된 약 삼십 계단이 있는데, 이 돌계단을 내려 개천에 얹힌 콘크리트 다리를 건너면 나무장작을 파는 군인 차나 말이 끄는 수레가 가끔 다니는 한길을 만나게 된다. 이곳 출입문이 학교의 정문이었다. 그러나 학교의 정문에는 아무런 학교 표지나 문기둥도 없었다.

학교의 뒷문이라 부르는 곳이 있다. 학교의 북동쪽에 돌담 축대가 끝나는 부분인데, 학교 안에 공사가 있을 때면 자동차가 드나들 수 있는 유일한 곳이다.

뒷문을 들어서면 오른편에 교장 사택이 있고, 왼편에 가교사 세 채가 있다. 판자로 울타리를 한 교장 사택과 신관에 딸린 별채 변소 사이에 조그만 기와집 한 채가 있다. 기와집의 북쪽에 자리한 서향 방은 숙직실이고, 남쪽에 자리한 남향의 공간 하나가 있었으니, 이 공간이 바로 교내 이발소이다.

'교내 이발소' 는 '구내 이발소' 라는 이름으로 더 널리 통했다. 이발소는 좁은 공간에 눕히는 의자 하나, 일반 의자 하나, 큰 거울 하나, 작은 거울 하나, 세수할 곳, 난로, 물통, 서너 아이가 걸터앉을 수 있는 좁직한 널빤지 하나로 시설을 이루고 있었다.

이발소 요금은 너무나 싸서 그야말로 아이들의 코 묻은 돈이었다. 학교 자체가 지대 높은 산기슭에 있는지라, 학생들은 공부를 마치고 나면 집으로 가서 곳곳에 퍼져 있는 무허가 이발소나 이발 기계를 들고 다니는 행상 이발사에게서 이발을 하는 경향이었다. 학생들의 처지에서 보면, 학교 공부를 마치고 집에 갔다가 일부러 가파른 학교로 와서 구내 이발소에서 이발을 하는 것보다는 그 편이 더 낳을 수가 있었다.

그래도 학교에서 공부를 마치고 바로 구내 이발소에서 이발을 하고 집으로 가는 것이 좋겠다는 생각을 하는 학생들도 있었다. 또 집에 갔다가도 틈이 있으면 구내 이발소를 일부러 찾는 학생들도 있었다. 우리 집 이웃의 큰 대문집 아주머니는 우리 가족들에게 인정 있게 대해 주기도 했지만, 국민학교에 다니는 세 아이는 반드시 구내 이발소에서 머리를 깎도록 했다.

아버지와 나는 한 학생이라도 더 기다리기 위해 날마다 저녁 늦게까지 이발소에서 시간을 보냈다. 명절 때 외에는 구내 이발소는 기다리는 마음으로 자리 지키는 인내가 필요했다. 남들에게 공짜로 일해 주고 싶어도 일자리 구하기가 힘들고, 끼니를 제대로 잇지 못해 남의 집에 밥을 구걸하러 다니는 사람들이 많은 형편에서는 돈이야 몇 푼 생기든 생기지 않든 구내 이발소는 우리 가족의 일정한 일자리라는 점에서 고마운 곳이 아닐 수 없었다.

나는 아침 식사 전과 오후에 이발소의 일을 보게 됨에 따라, 공부 시간이 부족한 것이 문제였다. 그래서 나는 이발소로 갈 때에도 책을 읽으면서 걸었다. 이발소에 손님이 없을 때면, 책이 내

124

손을 떠나지 않은 것은 말할 것 없었다. 이발을 하는 동안에도 내 옆에 책을 펼쳐 두고 스치는 눈길로 글자를 읽었다.

그래서 나에게는 어느새 '공부벌레' 라는 별명이 붙게 되었다. 나의 사정을 잘 알거나 모르거나 동네 사람들도 그랬고, 이발소를 찾는 사람들이나 근처 주민들도 그랬다. 남이 어떻게 생각하든, 사실 나는 독서 시간과 공부 시간이 모자라 어디서나 책을 읽고 영어 단어를 외는 것이 습관이 되었다.

나는 이발소에 쓸 물을 주로 아침 시간에 길러 두었다. 그래서 아침에는 아침 동이 틀 때쯤 집에서 이발소로 출발했다. 밤이 길 때에는 어둑어둑한 새벽에 집을 나섰다.

내가 이발소에 갈 때에는 중학교 2학년 때에는 평지 길을 이용했다. 우리 집이 3학년 봄에 비봉산 기슭 의곡사 입구로 이사를 했을 때부터 4년간은 평지 길로 이발소에 가기도 하고, 집 뒤의 비봉산 줄기인 봉래산 산마루를 타고 가기도 했다.

뒷산마루를 타고 이발소로 가는 경우 나에게는 세 가지 이유가 있었다.

첫째는, 산길에 오르면 무상의 희열과 명상으로 숨김없는 자연과 도시의 얼굴을 마주할 수 있었기 때문이다.

바람에 한들한들하는 민들레와 아카시아와 소나무를 볼 수 있으며, 풀벌레와 매미 소리를 가슴에 새길 수가 있었다. 산토끼의 발자국과 풀 냄새와 흙내를 뒤좇을 수 있었다. 앙상한 겨울 나뭇가지들의 끊임없는 삶의 도란거림을 함께 할 수 있고, 아무도 상처 내지 않은 새하얀 눈과 나의 순수가 깊이 포옹할 수 있었다. 밤 어둠이 막 가시면서 먼동이 트기 시작할 때, 수많은 안개의 미립자들은 사이다보다 시원한 호흡이 되어 나를 피안에 안주하게 하는 묘약이 되어 주기도 했다.

둘째는, 산길은 평지 길보다 안심하고 책을 보며 걸을 수 있었기 때문이다.

산길은 지나가는 사람들이 뚫어지게 바라보는 시선이 없어 마음이 편했다. 비록 울퉁불퉁해도 주위에 별로 신경 쓰지 않아도 되는 귀중한 길이었다.

셋째는, 뒷산 꼭대기에 오르면 희미하게 높게 솟은 고향의 자굴산을 바라보며, 두고 온 정든 집과 논밭과 조상의 산소를 생각할 수 있었기 때문이다.

고향 산을 바라보면, 혼자 있을 고향 집을 보다 직접적으로 위안할 수 있고, 가슴속에 무수히 감추어져 있는 행복했던 일, 고달팠던 일, 수수께끼처럼 신비로웠던 일들을 쉽게 회상할 수 있었다. 고향과 고향 집은 나에게 위안과 격려가 되고 있었던 것이다.

봉래동 사무소 근처에 살 때에는 조그마하나마 방이 둘 있었는지라, 시집간 누나도 다녀가고 일흔네 살의 외할아버지도 다녀갔다. 외할아버지가 왔을 때에는 내가 워낙 시간이 나지 않았으므로, 외할아버지에게서 공부를 배울 기회를 갖지 못해 두고두고 안타까웠다. 그로부터 약 2년 뒤(1958년)에 외할아버지는 이승을 떠났으므로, 그때가 외할아버지를 마지막으로 본 것이다.

봉래동 사무소 근처에 살 때에는 중학교 김종성 선생님도 우리 집 마당에까지 다녀갔다. 그 해(1956년)에 나는 2학년 1반 부반장을 맡고 있었다. 김종성 선생님은 학년 초에는 우리 학급 담임선생님이기도 했는데, 연구부 주임선생님이 되면서 학급 담임은 그만두고 국어과 수업만 담당하고 있었다.

11월 초순 토요일 저녁에 이발소에서 돌아오니, 어머니가 김종성 국어 선생님이 우리 집을 다녀갔다고 했다. 선생님은 다음날인 일요일에 내가 선생님 집으로 좀 와주었으면 좋겠다고 하면서 약도를 남겨두었다.

김 선생님한테서는 1학년 때 1주일에 1시간씩 '말본'(문법)을 배웠다. 교과서는 최현배 지은 '중등 말본 1'이었다. '말본'은 내가 중학교에 입학한 직후의 공부에 있어 아주 경이롭게 생각했던 과목이었다.

선생님은 교과서에 적힌,

"'낱말'이란 것은 생각을 나타내는 말의 낱덩이(단위)이니 : 제각기 무슨 뜻을 가지고서 월을 이루는 구실을 하는 것이다."와 같은 방식으로 '말' 자체와 '한글'에 대한 이론을 조목조목 진지하고 시원시원하게 설명해 보였다.

서당에서 한자에 한글로 음과 훈(뜻)을 단 것을 보고, 어른들에게 이것을 어떻게 읽느냐고 물으면 그것은 하루아침이면 다 배우는 글이니, 관심 가질 것 없다는 말을 듣곤 했는데, 그런 쉬운 글자가 얼마나 값어치 있고 깊은 이론이 들어 있는가를 느끼게 해 준 선생님이었다.

김 선생님은 1학년 때 정기 고사를 보고 난 뒤, 학생들에게 '말본' 점수를 불러 주고서 점수가 높은 나를 일어서 보라고 한 적이 있다. 그렇다고 해서 김 선생님이 나의 얼굴과 이름을 확실히 기억하고 있으리라고는 생각하지는 않았다. 김 선생님이 2학년 1반 담임을 맡으면서 나를 확실히 기억했으리라 본다.

이튿날 학교에서 그리 멀지 않은 봉곡동에 있는 선생님 집을 찾았다. 사모님도 선생님의 부모님도 나를 반가이 맞아 주었다.

학생들 사이에 퍼져 있는 말대로 공주사범학교를 나온 사모님은 매우 미인이었다. 지금은 교직 생활을 중단하고 살림을 하고 있지만, 사모님은 교육에 대해 많은 것을 알고 있다는 생각이 들었다.

선생님은 사모님이 지켜보는 가운데, 머지않아 배우게 될 '국어' 교과서의 단원 '안골포 대전'을 펼쳤다. 11월 중에 진주 시내 국어과 교사들에게 2학년 1반 국어 수업을 공개하게 되는데,

그날 수업의 준비에 대해 설명해 주었다.

안골포 대전은 선조 25년(1592년) 7월 한산도에서 왜선을 크게 무찌른 이순신 장군이 그들을 구원하러 오는 왜군을 안골포에서 다시 크게 격파하는 싸움을 가리킨다.

선생님은 그날 수업을 교과서의 단원을 마무리하는 심화 학습으로서 이순신 장군의 일대기를 주요 내용으로 삼고 있었다.

선생님은 그날 수업의 핵심 부분으로서 이순신 장군의 일대기를 그림 연극으로 연출하는 것을 구상하고 있었다. 그림 연극은 장면 장면을 그림틀 속에 넣어 두었다가 대사 낭독자가 한 장면씩을 보이며 입체감 있게 낭독하는 형식을 뜻했다. 각 장면의 내용은 교과서에는 없었고, 선생님이 각본을 작성하고 있었다.

선생님은 그 대사 낭독자로 나를 선정했던 것이다. 그림은 미술 선생님에게 부탁하겠다고 했다. 사모님과 셋이서 이순신 장군의 태어남, 칼 쓰기 연습, 말 달리기 시합 도중 떨어져 나무껍질로 상처를 동여매고 다시 달려 가까스로 1등 하기, 원균 일파와 왜군의 이간책으로 한양으로 압송될 때 백성들의 원통해하는 모습 등 많은 장면과 대사에 대해 이야기를 나누었다.

그 뒤로 선생님은 나에게 대사 낭독 연습을 독려했다. 진주 시내 국어과 선생님들이 참관한 가운데 진행된 연구 수업이 좋은 평으로 나타나자, 선생님은 나를 많이 칭찬해 주었다.

* 책의 단비 속에

봉래동 사무소 근처에서 약 1년간 살다가, 내가 중학교 3학년 이 시작될 즈음(1957년 4월) 우리는 봉래동 195번지로 이사했다. 집주인의 큰아들이 혼인을 하여 그의 어머니와 함께 살기로 했기 때문에 이사를 하지 않을 수 없었다.

이사한 셋방은 한 칸이었다. 진주중학교, 진주고등학교 동쪽 담을 끼고 올라 의곡사(절)로 들어가다 보면 오른편 산기슭에 위치한 남향집이었다. 세 든 집 앞에는 동네 사람들이 모여 이야기를 나눌 수 있는 조그만 공터가 있었다. 공터 앞에는 논이 있었다. 우리가 세 든 집은 평지에 있었지만, 세 든 집에서 뒤로 세 번째 집부터는 산을 따라 계단식으로 집들이 차곡차곡 높게 들어서 있었다. 먹을 물로는 논길을 따라 의곡사 쪽으로 들어가 땅에서 솟는 우물을 사용했다.

이 집에서 우리는 진주를 떠날 때까지 살았다. 4년간 살다가 내가 먼저 부산으로 떠나고, 다시 약 1년 뒤에 가족들이 고향으로 갔다.

4년간 집주인은 세 번 바뀌었다. 오래된 동네인지라, 사람들은 이웃끼리 인사성이 밝았다. 뒷산 마루를 타고 동쪽으로 줄곧 달려가면 진주봉래국민학교 뒷산봉우리가 된다. 이리로 이사 온 뒤로, 나는 이발소에 갈 때에는 주로 뒷산을 뛰어올라 산마루를 타고 갔다. 진주봉래국민학교 뒷산봉우리 정자나무가 서 있는 데서부터 급경사로 뛰어 내려가곤 했다. 집의 맞은편은 역시 내가 자주 오르는 비봉산의 꼭대기였다. 뒷산마루에 오르면 높이 희미하게 보이는 고향 자굴산이 나를 항상 반겨 주었다.

세 든 집은 판자 울타리를 하고 있었다. 마당에는 조그만 감나무가 자라고 있었다. 셋방은 판자 대문을 들어서면서 바로 오른편이었다. 부엌은 너무 드러나지 않게 판자를 약간 둘러 두었고, 부엌 바로 옆에 한 사람이 엉덩이를 걸터앉아 신을 벗고 방으로 들어갈 수 있는 만큼 좁은 마루가 있었다.

우리 방과 집주인 방 사이의 벽 위쪽에는 지름 약 10cm 되는 구멍이 하나 있었다. 구멍을 통해 주인 방에서 들어오는 전선이 있었다. 전선은 동그란 나무토막에 박은 못에 연결되어 있었다. 전구는 동그란 나무토막에 박은 세 개의 못에 의해 고정되어 있었다.

전등 바로 아래에 세로 약 50cm, 가로 약 60cm, 높이 약 30cm 되는 나무궤짝을 눕혀 놓았다. 이 나무궤짝은 아버지가 일제 때부터 지녀 왔던 것이다. 이것이 나의 책상이었다.

책상 위에는 사전을 비롯해 책 몇 권을 놓았다. 벽에는 내가 한자를 붓으로 크게 쓴 '苦盡甘來'(고진감래 : 쓴 것이 다하면 단 것이 온다)가 붙어 있었다.

밤 열두 시가 되면 전깃불은 꺼지므로, 그 이후에는 석유 등잔불을 켜고 공부했다. 그런데 여동생은 내가 쓰는 나무궤짝 같은 책상도 없이 엎드려서 글을 쓰며 공부했다.

수업료를 제때에 못 내어 서무실에 호출을 당하고, 책 사 볼 돈이 없어 조바심 나던 나에게 중학교 3학년이 되어서는 가뭄에 내리는 단비 같은 일이 생겼다. 그것은 학교에서 도서관을 설치하기로 하면서부터 시작된 일이었다.

학교에서는 본관 3층에 교실 2개를 트고서, 서고 겸 열람실을 만들었다. 각 학급에 1명씩의 도서위원을 두었다. 나는 1957년 5월 10일자로 도서위원장으로 임명되었다. 진주중학교 초대 도서위원장이 되었던 것이다.

도서관 운영은 교무실의 연구부에서 맡았다. 나는 도서위원장으로 임명되기 한 달 전 4월 초순부터 김종성 연구주임선생님과 김재숙 도서 담당 선생님의 부탁에 따라 도서 사무실에서 학교 도서관 개관 준비를 했다. 도서 사무실로는 열람실 옆 골마루를 막아 활용했다. 2층 중앙 계단을 통해 3층에 오르면 서쪽 골마루에는 도서 목록함이 있으면서 열람실로 들어갈 수 있도록 하고, 동쪽 골마루에는 다시 칸막이를 한 도서 사무실이 있었다.

도서관 준비 단계에서는 2,500여 권의 책을 '도서 구입 대장'에 올렸다. '듀이 10진 분류법'(Dewey Decimal Classification)에 따라 도서 분류를 했다. 책들을 10진법에 따라 분류하는데, 기본적으로는 3자리 수로 책을 분류하여 '도서 등록 대장'을 정리했다. 책등(책을 세웠을 때 책 이름, 지은이, 출판사가 적힌 책모서리)의 아랫부분에는 라벨(레이블)을 붙였다.

라벨에는 분류 번호, 저자 기호 등의 청구 기호를 적었다. 책 속에는 진주중학교 도서관 책임을 밝히는 원형 도장과 길쭉한 사각 도장을 찍었다. 책마다 뒤꺼풀 안쪽에 봉투(북 포켓)를 풀로 붙이고, '도서 카드'(북 카드, 대출 카드)를 만들어 끼웠다. 모든 학생(약 1,500명)과 교직원의 개인별 '도서 이용 카드'를 만들었다. '도서 목록함'에 넣어 둘 '도서 분류 카드'도 만들었다. 처음으로 구경하는 넘버링 기구로 각종 숫자를 부지런히 찍었다. 도서 분류에 따라 책을 책시렁에 가지런히 꽂았다.

학생들의 도서관 이용 방법은 당시로서는 매우 진취적인 반개

가제 형식을 취하기로 했다.

책시렁들이 도서관의 벽 가까이에 죽 서 있고, 열람실 쪽에서 보면 마름모 모양의 철망이 책시렁에 부착되어 있다. 도서위원들은 책시렁 안쪽에서 대기한다.

학생들은 철망 사이로 보이는 세워 둔 책의 등에 나타난 '라벨'(청구 기호 기록 딱지)이나 '도서 목록함'의 '도서 분류 카드'를 보고서 빌리고 싶은 책을 골라 '개인별 도서 이용 카드'에 기재한다. 동그란 창구에 그것을 내민다. 아울러 자신이 선택한 책을 철망 사이로 손가락을 넣어 길게 안쪽으로 밀어 넣는다. 그러면 책시렁 안쪽에 대기하고 있는 도서위원들이 책을 뽑아 책의 뒤꺼풀 안쪽 봉투에 들어 있는 '도서 카드'(북 카드, 대출 카드)에 해당 사항을 기재하고 창구를 통해 책을 대출해 준다.

중학교 3학년 학생에게는 고등학교 진학 시험이 부담이 되지 않을 수 없다. 다달이 실시하는 고등학교 입학 모의시험도 준비하고, 아침저녁으로 이발소 일도 보아야 했지만, 나는 신나고 즐겁게 도서관 일을 보았다.

도서관 일을 마치고 집에 가게 되므로, 2학년 때보다는 이발소에 가는 시간이 늦어지는 것은 어쩔 수 없었다. 책 속에서 일하고 책을 가까이 할 수 있는 것이 퍽 만족스러웠다.

연구부 선생님들은 거리낌 없이 일해 내는 나를 칭찬하고 신뢰

했다. 도서관 열쇠는 교무실 교감선생님 책상 왼쪽 서랍에 보관해 두었는데, 도서관 담당 선생님과 나만이 접근할 수 있었다.

나는 수업이 끝나는 대로 도서 사무실로 갔다. 도서위원들이 당번을 짜서 책을 대출해 주고, 회수하도록 했다. 나는 '도서 일지'를 쓰고, 회수된 책을 분류 번호에 따라 다시 제자리에 꽂았다. 열람실을 닫은 뒤 회수된 책을 제자리에 꽂을 때 나는 한 권 한 권 책을 곱게 쓰다듬었다. 상처 난 책이 있으면 정성껏 손질했다. 한 권 한 권의 책이 도서 분류 번호가 무엇인지, 그 책이 어느 책시렁의 어느 칸이 제자리인지 눈을 감아도 나에게는 훤했다. 그래서 회수된 책 이름을 도서위원들이 소리쳐 말하기만 하면, 나는 재빨리 각 책을 제 위치에 세워놓곤 했다. 도서위원들은 함께 일하면서도 책의 자리를 죄다 알고 있는 나를 신기하게 여겼다.

매일 들어오는 여러 종류의 신문과 다달이 들어오는 여러 종류의 잡지와 수시로 들어오는 새로운 서적에 대한 분류는 나의 고정적인 일이었다.

학급 종례가 끝나기만 하면 도서관으로 달려와 차례를 기다리는 학생 수가 많았다. 교실 두 칸 크기의 열람실은 거의 매일 꽉 찼다. 도서관 이용 학생이 많을수록 나는 학생들이 도서관을 그만큼 필요로 하는 것이라고 생각하면서 맡은 일을 더욱 잘 해야겠다는 다짐을 했다. 도서관 이용 통계를 검토한 결과 하루에 200

명 이상이 이용한 날도 상당히 있었다. 열람실 크기를 고려할 때, 차례를 기다렸다가 도서관을 이용한 학생이 많았다는 뜻이 된다.

학교장의 의지와 연구부 선생님들의 의욕과 학생들의 열망에 따라 책은 끊임없이 새로이 구입되었다. 모든 책들에는 나의 손때가 묻었다. 나의 손때 묻은 책이 늘어가는 것이 무척 행복했다. 책은 나의 가족이었다.

중학교 2학년 때였다.

대략 1주일에 한 권씩 각종 책을 구해다 빌려 주고 돈을 얼마씩 받아 가는 고학생이 있었다. '실화'(實話), '야담'(野談)을 비롯한 월간지도 있고, 소설책도 있고, 두툼한 만화책도 있었다. 아버지는 경제적으로 어려운 가운데서도 이발소로 직접 책을 가져다 주겠다는 고학생의 마음씨도 생각하면서, 약 1년 동안 그러한 책들을 내가 볼 수 있도록 해 주었다.

나는 이렇게 빌려 보는 책들에서 어사 박문수 이야기도 읽고, 대동강 물도 팔아먹고 여인의 속바지도 자진해서 벗게 하는 봉이 김선달 이야기도 읽었다. 역사 속의 온갖 야사(野史)도 읽고, 위인들의 이야기도 읽었다. 나는 책을 읽으면서, 손바닥만한 작은 종이에 이야기의 줄거리도 적고, '이호례병형공'(吏戶禮兵刑工) 등 옛날 관직 제도도 적었다. 미사여구의 표현도 옮겨 적었다.

당시 학생들은 수업 중에 자투리 시간이 나는가 싶으면 기다렸다는 듯이 선생님에게 재미나는 이야기를 해 달라고 조르는 것이 어느 학교에서나 공통된 일이었다. 또 과목 담당 선생님이 결근하여 교실에 보강 선생님이 들어오면 교과서가 준비되어 있지 않은 상태인지라, 그 시간은 대체로 선생님과 학생들의 재미나는 이야기로 채워졌다.

텔레비전은 물론 없었다. 라디오가 있는 집도 별로 많지 않은 시대에서 실지로 교실에서의 이야기 시간은 재미가 나기도 했지만, 교과서 내용 외의 것을 얻는다는 점에서도 교육적으로 의미가 적지 않았다.

선생님에 따라서는 자투리 시간이나 보강 시간에 아예 처음부터 학생들이 이야기 시간으로 메워 나가기를 권장하는 경우도 있었다. 그럴 때면 학생들 중에서 자원해서 이야기를 하거나 추천을 받아 이야기를 하곤 했다.

몇 학생이 이야기를 마쳐도 종치기까지의 시간이 남는 경우가 있었다. 선생님과 학생들은 이야기꾼을 찾느라고 애쓰게 된다. 이야기꾼을 찾지 못해 몹시 아쉬워할 때 내가 앞으로 나가면 학생들은 구세주라도 만난 듯이 손뼉을 쳤다. 그때 나는 책을 빌려 독서했던 내용을 줄줄 이야기로 엮어 나갔다. 모두들 얼마나 좋아했는지 모른다.

나는 상급 학교 진학 시험을 앞둔 중학교 3학년이 되어서도 남들이 다 가지고 있는 반듯한 입시 준비 참고서 하나 없었다.

2학년 겨울 어느 날, 진주봉래국민학교 옆 빈터에 가교사를 지어 공부하는 진주상업고등학교(사립학교로서 오래지 않아 폐교됨) 3학년 학생이 이발하러 왔다가 나에게 책을 준 것이 있었다. 그 학생이 중학교 시절에 공부하던 것으로서 표지도 떨어져 나가고 종이 빛깔도 누렇게 바래 있었다. '상', '하' 두 권으로 된 고등학교 입시 준비 문제집이었다.

그 고등학생은 구내 이발소에 이발하러 올 때마다 일하는 틈틈이에 책 읽기를 게을리하지 않는 나를 보고서, 공부에 관한 이야기 끝에 나에게 체계적인 종합 입시 서적이 없음을 안타까워했다. 그리고 시기적으로 뒤떨어진 내용과 방식이지만 자기가 보던 책을 나에게 선뜻 갖다 주었던 것이다. 그 책이 나에게는 중학교 졸업하는 날까지 내 개인 소유로 가진 유일한 입시 준비 문제집이었다.

이렇게 책 구하기에 갖은 어려움을 겪던 내가 책 많은 학교 도서관에서 풍족하게 책을 가까이 할 수 있었다는 것은 큰 행운이 아닐 수 없었다. 나는 도서위원장을 맡음으로써 책의 단비 속에 흠뻑 젖을 수 있었다.

'황금 박쥐', '마도의 향불', '임꺽정', '우주 전쟁', '실낙원의 별', '암굴왕'(몽테크리스토 백작), '괴도 루팡' 시리즈, '철가면', '백가면', '마경 천리', '복면의 기사', '소공자', '소공녀', '걸리버 여행기', '톰 소여의 모험', '허클베리 핀의 모험', '햄릿', '플루타크 영웅전', '해적선', '서유기', '봉이 김선달', '어사 박문수', '홍길동전', '춘향전', '톨스토이 인생 독본' 등을 신나 게 읽었다.

도서관에는 우리 학교에서 배우는 교과서 외에 다른 학교에서 배우는 교과서들도 비치되었다. 나는 그런 책들도 읽었다. 같은 교과목인데도 교과서 저자나 출판사에 따라 내용이 다르다는 것 을 알았다. 나는 구체적으로 그 차이점을 비교하는 과정에서 보 다 심도 있는 교과목 공부를 할 수 있었다.

나의 독서력과 도서관 책 한 권 한 권에 대한 애정은 나의 영어 실력으로는 감히 가까이 하기 어려운 외국어 책도 사랑했다. 미 국에서 발행되어 진주 미국공보원(USIS, United States Information Service)으로부터 기증된 워드워즈(Wordsworth)의 작품집 3권도 영 어 대사전을 옆에 두고 이리 들추어 보고 저리 들추어 보았다.

나는 푸른 하늘을 만난 청룡처럼 소설, 철학, 과학, 예술, 기술, 교양, 위인전, 백과사전 할 것 없이 도서관에서, 집에서 책을 읽 었다. 마을길을 가면서, 산길을 가면서, 이발소에 쓸 물을 짊어지 고 나르면서 책을 읽고 읽었다.

나는 어릴 때부터 명상을 즐겼다. 어떤 때에는 명상한 내용을 종이에 적어 보기도 했다. 도서위원장 시절에 나는 이런 명상도 했다.

"나는 생각 속에서 나를 찾고 나를 개척해 간다. 항상 나는 개척자임을 잊어서는 안 된다. 내가 만약 공자나 석가나 예수라면 사물을 어떻게 처리했을까를 생각해 봄도 유익한 일이 될 것이다.

나의 주위 환경들이 아무리 힘든 환경이라 할지라도 나를 깨우치는 분위기가 될 수 있다. 책 또한 나의 가까운 환경이면서 나의 벗이다. 일이 힘들고 몸이 고단하고 마음이 외로울 때 나는 나의 희망을 솟게 하는 책을 생각하게 된다."

학교 도서관의 일은 기쁨의 일이었다.

나는 수업이 끝나면 곧장 도서관으로 달려가는 것이 기뻤다. 나로 말미암아 학교 도서관이 빛날 수 있다는 것이 기뻤다. 선생님들과 함께 일할 때에는 선생님들과 가까이 지낼 수 있어 기뻤다. 선생님들이 나에게 모든 것을 맡겼을 때에는 선생님들이 나의 능력과 성실과 책임감을 신뢰하는 것 같아 기뻤다.

도서관은 나의 마음을 배부르게 할 수 있는 양식을 가득 품고 있었다. 다른 사람에게 빌리지 않고는 참고서든 일반 서적이든 잡지든 가까이 하기 어려운 책의 굶주림 속에 도서관은 나의 배부른 창고였다.

✻ 책이 주는 기쁨과 사색

　진주는 가야 시대부터 주요 지역이었다. 따라서 진주는 유서 깊은 도시였다.

　삼국 시대에는 백제의 거열성으로, 통일 신라 시대에는 거열주, 청주, 강주로 불리었다. 고려 태조 23년(940년)에 처음으로 '진주'로 불리었다. 성종 2년(983년)에는 전국 12목 중의 하나인 진주목이 되었다. 조선 고종 33년(1896년)에 전국을 13도로 개편함에 따라 진주는 경상남도에 속했다. 도청 소재지로서 관찰사가 머물렀다. 1925년 4월 1일 경상남도의 도청이 부산으로 옮겨질 때까지 진주는 경상남도 행정의 중심지였다.

　진주는 지리적으로 사천 바다와 삼천포 바다를 가까이 하고 있다. 낙동강으로 이어지는 아름다운 남강이 도시의 중심을 흐르고 있다. 진주시의 사방으로는 기름진 농토를 지닌 농촌이어서 진주는 도시와 농촌의 복합 도시의 성격을 띠었다. 정치, 문화, 경제, 예술, 교통의 중심지이다. 김시민 장군, 논개 열사, 진주 민란 등으로 알려진 바와 같이, 진주는 충절과 의분과 정의와 용기의 도시이다.

나라의 자주 독립을 기리고, 문화와 예술 발전에 이바지하기 위해 정부 수립 1주년이 되는 1949년에 시작된 '영남예술제' (1959년부터 '개천예술제'로 이름 바꿈)는 전국 문화 예술제의 처음이었다. 규모에 있어서도 전국 최고였다. 학생, 주부, 노인, 일반 직장인, 공무원 할 것 없이 모든 시민들은 행사 준비 단계에서부터 설렘과 환희와 낭만과 감동의 분위기에 휩싸였다.

영남예술제의 한 행사로 밤을 이용한 '남강 등불 띄우기'(남강 유등 행사)는 화려함과 장렬함의 극치를 이루었다.

김시민 장군이 1592년 10월 3,800명 병력으로 2만 명의 왜군을 무찌르고, 1593년 6월 7만 명의 군사와 백성이 12만 명의 왜군과 싸워 목숨을 잃을 때까지 군사 신호로, 남강을 건너려는 왜군의 저지 전술로, 가족에게 안부를 전하는 통신 수단으로 사람들은 남강에 등불을 띄웠던 것이다. 왜란이 끝난 뒤 장렬하게 죽은 넋을 기리기 위해 해마다 남강 유등 행사가 이루어지던 것이 영남예술제 기간에 축제의 하나로 진행되었다.

그래서 진주의 사람들 가슴에는 시민의식과 민족의식과 정의

142

로움이 강하게 자리하고 있는 것이 아닌가 싶었다.

　그런 가운데서도 시민들은 진주가 교육의 도시임을 자랑스럽게 생각했다. 시민들은 교육에 대한 기대가 컸다. 교육 행정 기관이나 학교나 학부모나 학생이나 할 것 없이 교육에 대한 열의와 의지와 성실이 대단하였다. 시민들은 진주의 교육을 진주 시민만을 위해서가 아니라, 서부 경남 전체의 인재를 길러내는 요람으로 생각했다.

　각 초등학교는 창의적이면서도 경쟁적으로 잘해 나가려는 분위기가 형성되어 있었다. 중·고등학교에서는 전국적인 안목에서 교육 활동을 계획하고 수행하려는 것을 학부모나 학생들에게 뚜렷이 전달하였다.

　내가 다니는 진주중학교는 서부 경남의 가장 모범적인 학교임을 자처하면서 학생들의 실력 향상에 애썼다.

　우리들은 3학년 초(4월) 개학식이 있은 다음날부터 곧장 아침 과외 수업을 받았다. 다달이 고등학교 입학 모의시험을 보았다. 그것을 '월례 모의시험'이라고 했다.

　월례 모의시험 때마다 개인별로 점수와 학급 석차와 학년 석차가 공개되었다. 과목 평균점 80점 이상 되는 학생들은 전교생 운동장 모임에서 상품을 받았다. 가끔 3학년 학생들만이 운동장에 따로 모여 교장선생님과 학년 주임선생님으로부터 고등학교 입시 공부에 대한 격려와 훈계와 자극을 들었다. 학생들은 1, 2학년 때와는 훨씬 다르게 정신을 차리고 공부했다.

그동안 수업료 독촉과 시간 부족과 책 부족으로 고민이던 나는 학교 도서관 개관 준비를 위한 도서 분류가 거의 다 되었을 즈음, 어머니에게 이런 말을 했다.

"어머니, 이젠 책이 없어 공부가 뒤지는 일은 없을 겁니다. 도서관에는 여러 종류의 교과서가 있고, 여러 종류의 입시 책도 있으니까요. 그 밖에도 도서관에는 많은 종류의 책이 있어요."

도서관 일에도 나는 상당한 시간을 보낸 것은 사실이다. 특히 도서관이 개관되기 전 4월부터 5월 초순 개관하기까지와, 개관 후 약 한 달 동안 도서위원들의 일이 익숙해질 때까지는 많은 시간을 도서관에서 보냈다.

나는 도서관 일을 보는 것이 시간적으로 나를 크게 구속하는 것이라고는 생각하지 않았다. 그 일이 오히려 즐거웠다. 일을 하면서도 여가 여가에 책을 볼 수 있었고, 집에 갈 때에는 책을 대출해 갈 수도 있어서 행복했다.

아버지, 어머니도 나의 이런 사정을 상당히 이해하였다. 그래서 내가 이발소에서 일하는 시간이 1, 2학년 때보다도 줄었다. 아침에는 반드시 이발소로 가서 하루 동안 이발소에서 쓸 물을 길어 두었다. 일요일과 명절 때 외에는 오후에는 한두 시간 정도 이발소에 가 있었다. 그 대신 진주봉래국민학교 5학년에 재학 중인 여동생이 학교 공부가 끝나면 교실에서 바로 이발소로 가서 불을 피우기도 하고 잔심부름을 했다.

나는 공부 환경에 있어서는 다른 친구들과는 비교가 되지 않았다. 책상도 공부방도 학용품도 미술 도구나 음악 공부 기구도 제대로 갖추지 못했다.

중학교 2학년 때 어느 친구 집에 우연히 놀러 간 일이 있었다. 그 친구의 집에는 커튼을 친 넓은 마루가 있고, 여러 개의 방이 있고, 햇빛이 환히 드는 공부방이 있었다. 라디오도 있고, 영어 회화 공부를 위한 녹음기까지 있었다.

나는 그 친구가 부럽지는 않았지만, 공부 환경에는 학생들 간에 엄청난 차이가 있다는 것을 실감했다. 뿐만 아니라 그런 친구는 먹고 살기 위해 별도의 시간을 쓰지 않게 될 것이므로, 공부 시간도 넉넉하고 책 사 볼 돈도 넉넉할 것이라는 생각이 들었다.

나는 다른 사람들로부터 어려운 환경에서도 열심히 노력하는 사람이라는 말을 수없이 듣곤 했지만, 나의 환경을 한번도 불평하거나 탓해 본 일은 없었다. 나는 있는 그대로의 내 환경이 자연스러웠다.

그러던 중에 나는 학교 도서관과 도서위원장이라는 행운을 만났던 것이다. 학교 도서관에서 여러 종류의 책을 많이 읽으면서 생각과 느낌도 확장되었다.

세상에는 내 자신이 모르는 것이 너무 많구나 하는 것을 실감했다. 학문에 있어서도 이제껏 듣지도 못했던 많은 갈래가 있음을 알았다. 진리란 무엇인가에서부터 출발하여 진리를 열심히 추궁해야겠다는 애착도 깊어졌다.

철학 책과 종교 서적과 전기와 소설을 탐독해 나감에 따라, 어릴 때부터 적어도 서당에 다닐 때부터 막연하기는 했지만 깊고 넓게 온 마음에 품어진 채 느껴졌던 어떤 본질성과 관련된 의문이 서서히 의식의 표면으로 솟아오르는 것이 감지되곤 했다.

인생을 제시하려고 한 책들의 내용과 나의 삶을 부단히 비교해 보았다. 나는 나에게 부딪힌 어려움과 투쟁하기도 하고 극복하기도 하지만, 이러한 일 뒤에 숨어 있는 궁극성은 무엇일까 하는 의문이 계속 커졌다. 그러한 의문은 한 권의 책을 더 읽음으로써 더 강렬해지고 더 커졌다. 나는 책을 읽는데도 나의 지식은 더 퇴보해 가는 것인가 하는 의문도 지니면서 또 다른 여러 서적들을 숙독했다.

이런 의문은 진학 공부가 급한데도 나의 독서 영역을 광범위하게 만들었다. 책은 나의 기쁨인 동시에 사색을 키우는 영양소였다.

* 중학교 마지막 모의시험

4월부터 매달 하순에 실시되는 고등학교 입학시험 대비 '월례 모의시험'에서 나는 5월에는 학년 전체에서 1등을 했다. 6월에는 8등을 했다.

5월 모의시험 결과를 두고서, 선생님들은 수업료도 제때에 못 내고 책도 제대로 사 보지 못하고 이발소에서 일하느라 공부할 시간도 내기 어려운 내가 전체 1등을 했다는 것을 기적이라고 표현하기도 했다.

연구부 김종성 주임선생님은 우리 반 수업은 담당하지 않았다. 그런데 김 선생님은 다른 반 수업 중에 공개적으로 나의 이야기를 했다는 소문이 들렸다.

"허만길은 집에서도 일하느라 공부 시간 내기가 어렵고, 학교에서는 도서관 일을 열심히 보면서도 1등을 했으니, 장하지 않

147

을 수 없다. 허만길을 본받으면 좋을 것이다."는 내용이었다.

6월에는 학년 석차가 8등으로 내려가자, 나의 담임선생님은 연구부 주임선생님과 도서관 담당 선생님에게 나의 성적 석차가 내려간 것은 가뜩이나 어려운 환경에 있는 학생이 도서관 일이 많아 공부 시간이 부족했기 때문이 아닌가고 이야기를 나누었다는 말이 들렸다.

이 이야기를 들은 나는 다음과 같은 생각이 들었다.

"선생님들의 나에 대한 관심이 고맙다.

최상위 성적 그룹 학생들은 서로의 실력 차이가 크게 나지 않는다. 시험 볼 당시의 상황에 따라 석차 변동은 민감하게 작용할 수 있다. 내가 6월에 석차가 내려간 것은 도서관 일 때문이라기보다 독서 범위가 입시 준비의 범위를 훨씬 넘고 있는 데도 원인이 있을 것이다. 내가 좋아하는 도서관 일 때문에 성적이 내려갔다는 말은 듣지 않아야 한다.

도서관 일을 열심히 하면서도 성적이 내려가지 않도록 해야겠다."

어느덧 3학년 겨울 방학이 끝나고, 1958년 1월 하순 학교 공부가 다시 시작되었다.

3월에 졸업하게 되는 3학년들에게는 졸업식을 전후하여 무척

바쁜 나날이 기다리고 있었다. 그 중에서도 전국의 모든 중학생에게는 졸업 고사와 더불어 고등학교 입학시험이라는 관문이 있었다. 그리고 3월 초순에 졸업을 하게 되고, 4월에는 고등학생이 된다.

개학하자마자 3학년 2학기 말 정기 고사를 치렀다. 이것은 중학교 학적부에 남는 성적으로는 마지막으로 치르는 정기 고사이기 때문에 졸업 고사라고도 했다.

그런데 진주중학교에는 졸업 고사에 이어 치르는 전통화된 시험이 하나 더 있었다. 그것은 모교에서 치르는 고등학교 입학시험을 눈앞에 둔 최후의 모의시험이었다. 학교로서는 1년에 한 번, 학생으로서는 3년에 한 번 치르는 정례 시험이었다. 그래서 이를 '정례 모의시험' 혹은 '최종 모의시험' 이라고 했다.

이 시험이야말로 선생님들도 학생들도 가장 큰 힘을 기울이는 시험이었다. 출제에 있어서는 타당성을 최고로 높이려 하고 시험 관리에 있어서는 최고로 엄격하고 철저했다.

시험 성적이 학년 전체에서 1등, 2등인 학생에게는 '학업 장려 직원상' 이라는 최고로 영예로운 상장과 특별한 상품을 주게 된다. 이 상품은 전체 선생님들이 성금을 모아 준비하게 된다. 얼마나 사제간의 정이 넘치면서도 권위 있는 시험인가를 짐작하게 했다.

졸업 시험을 막 끝낸 학생들 중에는 상급 학교 진학을 하느냐 안 하느냐로 고민하는 학생도 있었다. 어느 고등학교를 택하느냐로 고민하는 학생도 있었다. 마음먹은 고등학교에 좋은 성적으로 합격할 수 있느냐로 고민하는 학생도 있었다. 그러면서도 선배들도 그랬듯이 최종 모의시험에 대해서는 모교에서 태울 수 있는 마지막 정열이라고 생각하고 최대로 정신을 집중했다.

고등학교 신입생 선발 전형은 신입생을 가장 먼저 뽑는 특차 시험 전형과 그 다음에 신입생을 뽑는 일반 시험 전형으로 나누어져 있었다. 특차 시험 전형으로 신입생을 뽑는 고등학교로는 사범학교가 있었다. 대부분의 인문 고등학교는 일반 시험 전형에 해당했다.

사범학교는 수업 기간은 인문 고등학교와 같이 3년이지만, 수업 내용이 다르다. 학생들은 국비 장학금을 받으며 공부하게 되고 졸업 후에는 국민학교(초등학교) 교사 자격증을 받고서 국민학교 교사로 발령받아 근무하게 된다.

최종 모의시험이 있기 전에 특차 시험 전형 응시 원서 접수가 시작되었다. 나도 이럴까 저럴까 하는 심각한 틈바구니에서 진주 사범학교 입학시험에 응시하기 위해 원서 대금을 담임선생님에게 냈다.

중학교에서 베풀어지는 최후의 실력 잔치 대회는 닷새 동안 진행되었다. 고등학교 입학시험을 위해 고등학교 교사들이 진행하는 그런 엄격함으로 선생님들은 모의시험을 준비하고 관리했다. 선생님들은 밤을 새우면서 출제를 하고, 시험 당일로 채점을 하고, 개인별 점수 누계를 끝내고서 감금 상태에서 해방된다고 했다. 절대 공평으로 소문난 '정례 모의시험'(최종 모의시험)이었다.

그러나 나에게는 시험 기간이라 해서 온통 시험공부에만 매달릴 수는 없었다. 시험은 날마다 오전에 끝나므로, 다른 때보다 오후에 집에서 더 공부를 하고 저녁 무렵에 이발소로 가는 것만으로도 큰 융통성이었다. 그래서 나는 언제나처럼 집을 나서면 손에도, 바지 호주머니에도, 내복 속에도 책이나 공책을 넣고서 틈만 나면 공부를 해야 했다. 그러면서 나에게도 졸업 식전에서 영광의 '학업 장려 직원상'을 차지하고 싶은 긴장감은 있었다.

학년 초부터 실시된 '월례 모의시험'에서는 주로 4~5명이 성적 최상위권을 형성하고 있었다. 선생님들은 '정례 모의시험'의 최우수자가 어느 반에서 나올 것인지를 수업 중이나 사석에서 자주 화제로 올리곤 했다. 3학년 8학급 중 이들 4~5명이 소속된 학급의 담임선생님들은 자기 담임 학급에서 '학업 장려 직원상' 수상자가 나왔으면 하고 몹시 긴장했다. 또 일부 선생님들은 과연 이들 4~5명 중에서 '학업 장려 직원상' 수상자가 나올 것인지, 아니면 다른 예상찮은 학생이 수상자가 될 것인지에 대해서도 관심을 나타내었다.

나는 진주중학교에 입학한 이후 선생님들이 이름난 학교의 선생님들답게 실력이 뛰어나고 열심히 잘 가르친다는 생각을 줄곧 해 왔다.

내가 입학할 때에는 전 학년이 8학급씩 모두 24학급이었는데, 내가 졸업할 즈음에는 1학년 7학급(467명), 2학년 7학급(447명), 3학년 8학급(467명)으로서 모두 22학급이었다.

교장 1명(이규홍), 교감 1명(박희주), 교사 27명, 강사 8명, 주사 1명, 서기 2명, 용원(조무원, 사환) 5명 등 모두 45명의 교직원은 학교와 학생들을 위해 성심성의를 다했다. 하물며 입시 지도에 초점을 두고 있는 3학년 담임선생님들과 교과 지도 담당 선생님들은 더 말할 나위 없었다.

나는 3학년 7반이었고, 담임선생님은 국어과 담당 주창복 선생님이었다. 학생들은 담임선생님의 나이가 서른 살이라고들 했는데, 총각 선생님이었다.

담임선생님은 6.25 전쟁 때 북한에서 부모, 형제와 헤어진 채홀로 남쪽으로 내려와 육군 대위로 제대를 하였다. 한쪽 목 뒤에는 전쟁에서 입은 상처가 두툼했다.

선생님의 손에는 회초리가 있었지만, 수업 중에 한번도 사용하는 것을 본 일이 없다. 선생님은 생활지도부 선생님으로서 학교 안팎에서 학생 기강을 유지하기 위해 학생들에게 엄하게 대하기도 했지만, 인정이 많았다. 때 묻지 않고 강직하고 그러면서도 부드러운 성격이었다.

주 선생님은 교실 수업에서 늘 부드러움과 미소를 유지했는데, 어떤 경우에는 삼층 콘크리트 건물이 쩌렁쩌렁 울릴 정도로 세상의 잘못된 모습과 학생들의 안일한 태도에 서슴없이 경종을 울렸다. 그리고 훈화 마무리에는 "정신 자세가 중요하다!"는 말을 자주 사용했다.

주 선생님은 가끔 학생 지도의 사례와 선생님이 살아온 경험을 학생들에게 들려 주었다.

당시에는 학생들은 귀가한 뒤에도 집에서 바깥나들이를 할 때에는 반드시 교복을 입어야 했다. 영화관 출입은 교사 인솔의 단체 관람에 한해 허용되었다. 저녁마다 여러 학교 교외 지도 담당 교사들이 조를 짜서 시내를 순회하고 영화관에 학생이 드나드는지를 살폈다.

그런데 하루는 주 선생님이 야간 교외 지도를 하면서 사복을 입은 여고생 2명이 영화관에 있는 것을 발견했다.

주 선생님이 다가가서 물었다.

"어느 학교에 다니지?"

"우리는 진주에 있는 학생이 아니에요. 서울서 공부해요."

"서울서 공부한다고? 서울 학생은 대한민국 학생이 아니야?"
하고 소리를 높였더니, 여고생들은 무안스럽게 도망쳤다고 했다.

주 선생님은 학생 지도를 열심히 하되, 스스로 모범을 보였다.

"외국 사람들이 우리를 가리켜, 부지런하기도 하지만 주책없
이 더럽히는 경향이 많다고 한다. 종이 한 장 더 줍는 것에 앞
서서 종이 한 장 덜 떨어뜨리는 정신을 길러야 한다. 외국인들
은 우리 국민들이 시간을 잘 지키지 않으므로 '코리언 타임' 이
라는 말까지 퍼뜨리고 있다. 국민 모두가 이를 수치스럽게 생
각하면서 고쳐 나가야 하는데, 학생 시절부터 시간 관념이 철
저해야 한다."

주 선생님의 이러한 훈화는 학생들이 무척 실감 있게 받아들였
다. 왜냐하면, 주 선생님은 교직원 가운데 가장 먼저 출근하고,
매주 월요일 아침에 열리는 전교생 운동장 모임 때는 가장 먼저
학생들 앞에 모습을 보이고, 수업 시작종이 울리면 벌써 교실 문
에 들어섰기 때문이다.

6.25 전쟁 때 국군이 반격하고 있을 즈음이었다. 주 선생님은
서울 근처의 어느 지역을 탈환하기 위해 작전 지휘를 했다.

이미 그때는 국군이 서울과 서울 주변을 되찾은 것이 확실한

상황이었으므로, 인민군들은 독에 든 쥐 모양으로 그저 어쩔 줄 모르고 있었다. 주 선생님이 지휘하는 국군이 들이닥치자 인민군들은 크게 저항하지도 못하고 손을 들고 엉금엉금 걸어 나왔다.

그러자 민간인들이 몽둥이와 연장을 들고 인민군 패잔병들에게 마구 달려들었다.

주 선생님이 민간인들 앞에 나섰다.

"그립던 동포들이여!

이제 우리들이 피 흘리며 기다리던 자유를 되찾게 되었습니다. 누구에게나 그 기쁨이 오죽하겠습니까? 여러분의 부모와 아내와 자식들이 그동안 겪었던 고통을 우리 국군들도 잘 알고 있습니다. 그러나 제발 그 막대기와 연장은 거두어 주십시오. 그들을 법에 의해 다스릴 수 있도록 진정해 주십시오.

그들은 항복하였습니다. 그들은 인제 힘이 없습니다. 그들을 오히려 불쌍히 여겨 주십시오.

제발 진정해 주시고 포로들을 국군에게 맡겨 주십시오. 그들도 우리와 한 핏줄을 이어받은 같은 민족임을 이해해 주시고 너그럽게 생각해 주십시오."

주 선생님은 북한에 남았던 생사조차 알 수 없는 부모 형제를 생각하며 눈물을 삼키면서 혼란을 수습하였다고 했다.

노총각 선생님으로는 우리 담임선생님 외에 수학 담당 엄 선생님도 있었다.

엄 선생님은 3학년 5반을 담임하였다. 엄 선생님은 수학과 수업을 이해하기 쉽고 조리 정연하고 열정적으로 진행하여 학생들이 수학 시간을 좋아했다.

수학 선생님은 말씨나 몸치장이 꾸밈새 없이 수수했다. 학생들과의 대화에서 부담을 주지 않았다. 우리 담임선생님과 수학 선생님은 친하게 지냈다.

수학 선생님의 수학 설명이 끝나고 학생들이 칠판에 적힌 내용을 학습장에 옮겨 적고 있을 때, 수학 선생님이 대뜸 이렇게 말했다.

"너희 담임선생님하고 나하고 바둑 두기 내기를 하면, 어떻게 되는지 알아?

나한테는 새까맣게 놔도 안 돼. 알았어?"

학생들이

"에에……."

하고, 과장이 심함을 표시했다.

"임마, 그게 거짓말인 줄 알아? 너희 담임선생님은 어림없지. 어림없어."

하고, 수학 선생님은 웃으면서 분필을 다시 집고 강의에 열중했다.

국어 시간이 되었다.

담임선생님의 기분을 살피다가, 어느 학생이

"선생님. 수학 선생님하고 바둑 시합하시면, 어느 분이 이기십니까?"

"자식, 그따위 국어 질문이 어디 있어. 수학 선생님이 말도 안 되는 말을 했구나."

하고, 담임선생님이 어처구니없다는 표정으로 웃었다. 학생들도 왁자지껄 웃었다.

3학년 가을 소풍 때였다. 담임선생님과 수학 선생님은 남강 백사장을 끊임없이 붙어 다녔다. 그것은 학생들에게도 다른 선생님들에게도 뚜렷이 눈에 띄었다.

"저 두 노총각들 좀 봐.

큰일났어. 큰일나. 저렇게 서로 하소연이나 하고 다니니 말이야. 어서 장가를 보내야지. 큰일났어."

어느 선생님의 말에 모두들 손뼉을 치며 웃었다.

이렇게 담임선생님은 철두철미한 가운데도 여유롭고 감상적인 데가 있었다.

나는 선생님들과의 관계에서 선생님에게 활달하고 붙임성 있게 다가가는 편이 아니었다. 내성적인 성격에 조용조용 지냈다. 선생님이 수업 중에 전체를 향해 아는 사람은 말해 보라고 하더라도, 좀처럼 나는 자진해서 말하는 경향이 아니었다. 수업 중에 질문할 것이 있더라도 한참 망설이다가 질문을 했다. 나의 이러한 성격을 선생님들도 잘 알았다. 선생님들은 묵묵히 지내는 나를 대체로 지켜보며 격려하는 편이었다.

그런데 '정례 모의시험' 마지막 날의 전날이었다.

그날 나는 콧물감기가 심했다. 오전에 시험을 치르고 집에 돌아온 나는 마지막 날 시험공부를 좀 하고서 저녁밥을 몇 숟갈 들었다. 이발소에 가기 위해 판자 대문을 나섰다. 겨울 찬바람이 목안을 송곳처럼 찔렀다. 기침을 참느라 애쓰며 일찍 어둑어둑해지는 산기슭의 골목 모퉁이를 막 돌려고 했다.

"너, 만길이 아니니?"

하는 말에 나는 고개를 번쩍 들었다.

뜻밖에도 담임선생님과 마주쳤다.

"선생님."

하며, 나는 거수경례부터 했다.

"선생님, 어쩐 일이십니까?"

"바로 찾아온 셈이구나.

너를 만나러 왔어."

선생님은 나의 주소 약도를 주머니에 접어 넣으며 말했다.

"선생님, 저의 집으로 들어가십시다."

"아니다. 너 지금 이발소에 가는 길이지?"

나는 구체적으로 선생님에게 나의 사생활에 대해 말한 바 없지만, 이미 다 파악하고 있었다.

"예."

"언제쯤 돌아오니?"

"아홉 시쯤 돌아올 것입니다."

"꼭 가야 하니? 오늘만이라도 안 갈 수 없니?"

"선생님, 무슨 일이라도……."

"이번 모의시험이 어떤 시험이니? 모두들 열심히 시험 준비를 하고 있어. 너는 시험 기간 중에도 일하러 나간다는 것을 알고 있어. 중학교에서 치르는 마지막 시험의 마지막 날 시험 준비만이라도 다른 학생들처럼 준비해 보라고 말해 주기 위해 이렇게 왔어."

"알겠습니다. 가능한 빨리 다녀오겠습니다."

"됐어. 그렇게 해 보아."

선생님은 발걸음을 돌리며 말했다.

"선생님, 저의 집에 잠깐이라도……."

"아니야."

선생님은 굳이 빠른 걸음으로 앞서다가 동네 입구에서 나오는 다른 방향으로 갔다.

그날 밤 나는 담임선생님의 고마운 격려를 생각하며, 어머니가 끓여 주는 매운 고추가 가득 든 무 국밥을 후룩후룩 먹었다. 흐르는 콧물을 연이어 닦으며 모의시험 준비를 했다. 중학생으로서 마지막 모의시험의 마지막 날 시험공부였던 것이다.

다음날 마지막 모의시험 날에도 콧물을 흘리며 시험을 치렀다. 담임선생님의 고마움을 생각하면서.

✳ 영광의 졸업식

1958년 3월 3일(월요일), 여느 때처럼 세수를 마치고 곧장 뒷산을 뛰어올랐다. 싸늘한 공기를 가로지르며 봉래동 뒷산의 능선을 마구 달렸다. 마치 아침 해를 마중 가기라도 하듯이 동쪽으로 동쪽으로 달렸다. 동트기 전 조그마하고 아담한 도시의 시가지를 덮고 있는 나직한 안개를 바라보는 기분은 언제나처럼 상쾌하고 가뜬했다. 나뭇가지 사이를, 바윗돌 사이를, 산 보리밭 고랑 사이를 헤쳐서 큰 정자나무에 이르렀다. 거기서부터는 진주봉래국민학교를 향해 급경사를 곤두박질하듯 내리달렸다.

산길을 곤두박질하듯 달려 내려온 나는 학교의 뒷문을 통해 이발소 문을 열었다. 이발소 안에는 어젯밤 미리 챙겨 둔 두 개의 물통과 물지게가 있다.

교무실로 가서 벽에 걸린 두 개의 열쇠를 쥐었다. 축대 아래의 계단 옆에 위치한 저장 우물이 있는 급수 창고 앞에 물통과 물지게를 놓고, 급수 창고의 자물쇠를 열었다. 운동장 한가운데 위치한 깊은 우물로 갔다. 운동장과 수평을 이루고 있는 우물 철판뚜껑에 채워진 자물쇠를 열었다. 철판뚜껑을 힘껏 들어 조심스레 뒤로 눕혔다.

뚜껑을 열면 다시 약 1m 깊이에 철판으로 된 발판이 깔려 있다. 발판에 내려서서 한쪽 발로 펌프의 손잡이를 밟았다 뗐다 한참을 계속한다. 몸에 땀이 배기 시작한다. 보이지 않는 깊은 지하수에서 물이 빨려 오르는 소리가 쉿쉿한다. 물은 운동장 바닥에 깔린 송수관을 타고 급수 창고의 두어 길 저장 우물로 간다.

웬만큼 저장 우물에 물이 고였다고 짐작되자, 몸을 운동장으로 솟구쳐 올렸다. 급수 창고로 갔다. 저장 우물에 물 떨어지는 소리가 철철한다. 저장 우물에서 다시 펌프질을 하자, 물은 물통 속으로 기분 좋게 쏟아지고 나는 적잖은 안도감을 맛본다.

운동장의 지하수와 급수 창고의 저장 우물에서 펌프질을 하는 과정에서 조마조마하는 경우가 많다. 그것은 어느 쪽 펌프에서든 펌프질이 제대로 되지 않는 수가 많기 때문이다. 그럴 경우에는 이발소에서 멀리 떨어진 동네 공동 우물로 가서 두레박으로 물을 길러 와야 한다.

공동 우물에서 물을 길러 오는 경우는 대체로 일주일에 한두 번꼴이 된다. 그럴 때에는 두레박도 챙겨야 하고 가파르고 미끄러운 길을 올라와야 한다는 번거로움과 어려움이 따른다. 특히 겨울철이면 동네 공동 우물의 가장자리는 꽁꽁 얼어 매끄럽기 그지없다. 굵은 두레박줄은 얼음으로 뻣뻣해 장갑을 끼지 않은 손바닥 사이에서 두레박이 끌려 오르기는커녕 사람의 몸까지 우물 속으로 딸려 들어갈 듯하게 된다. 물론 이러한 고생은 나만이 겪는 것은 아니다. 전교생의 음료수를 담당하고 있는 학교의 최 생원 아저씨와 오 생원 아저씨의 고생도 마찬가지인 것이다.

　마침 오늘 아침은 운동장 우물에서 오르는 물도 힘차게 느껴지고, 저장 우물에 떨어지는 물소리도 처렁처렁 신났다. 설령 어느 한쪽 펌프가 고장이 나서 공동 우물에까지 가서 물을 지고 온다 할지라도, 오늘은 긴장이 덜 될 듯했다. 왜냐하면 오늘은 중학교 졸업식 날이므로 다른 때와는 달리 9시까지 교실에 들어가도 되기 때문이다.

　물을 길러 놓고, 급수 창고 속에 물지게와 물통을 넣었다. 그리고는 열쇠를 다시 교무실 벽에 걸었다. 그래야만 최 생원 아저씨와 오 생원 아저씨가 이용할 수 있다. 교무실 시계의 바늘은 나를 너무 서두르지 않아도 된다는 듯이 느긋했다. 그러나 나는 철펜으로 쓴 영어 단어장을 외며 어서 집으로 뛰어갔다. 그렇게 뛰어가는 나의 등에는 찬란한 햇살이 무엇인가를 자꾸만 속삭여 주는 듯했다.

아침밥을 먹고 나자, 어머니는 어젯밤에 교표, 학년표, 이름표를 새로 꿰맨 교복 한 벌을 권했다.

중학교 입학 이후 낡으면 낡은 대로 이리저리 헝겊을 대어 집은 옷을 그저 살갗만 보이지 않게 입고 다니던 이후 처음 매끈한 한 벌로 입어 보는 교복이었다. 비록 남들처럼 좋은 천은 아니지만, 시집간 누나가 농사짓고 길쌈하는 여가에 틈틈이 재봉틀 일을 하고 받은 삯을 모은 것으로 얼마 전에 사 주고 간 옷이다. 졸업식 때에도 입고, 고등학교에 들어가서도 오래오래 입으라고 우장처럼 품이 헐렁한 옷이다.

아버지도 여동생도 새 교복을 입는 내 모습을 즐겁게 지켜보아 주었다. 한편으로는 고마우면서도 한편으로는 온 가슴에 바다처럼 큰 눈물이 고였다. 따뜻하게 배부르게 먹지도 못하고 동생들만 챙겨주다가 시집간 누나가 준 졸업 선물이었기 때문이다. 한 술의 밥도 뜨지 않고서 부엌에서 배불리 먹었다며 한사코 끼니를 사양하면서, 나와 여동생에게 밥 한 숟갈을 더 주려고 하던 누나의 다정한 모습이 떠올랐다.

졸업식 잘 마치고 오라는 가족들의 말을 들으며, 나는 형언할 길 없는 마음으로 판자 대문을 나섰다.

1, 2학년 재학생 대표들이 손뼉으로 환호하는 가운데 8학급 졸업생 약 470명이 1반부터 차례로 졸업식장으로 들어갔다. 졸업식

장은 운동장의 서편에 3교실로 된 가교사의 중간 칸막이를 트고서 장식되었다. 이 가교사는 나에게는 매우 익숙한 곳이다. 3년 전 이 가교사는 1학년 6, 7, 8반이 사용했는데, 나는 그때 7반이었기 때문이다.

나는 2학년 때는 1반이었고, 3학년 때는 7반이었다. 3학년 때 출석 번호는 7번이었다. 학년 초에 키가 일곱 번째로 컸기 때문이다. 7반 차례가 되어, 학생들은 번호 순으로 앉기 시작했다. 나는 상을 받을 사람이라 하여 앞자리에 앉았다.

졸업식은 개식사, 국기에 대한 경례, 애국가 봉창, 순국선열에 대한 묵념, 학사 보고, 졸업장 수여, 상장 및 상품 수여, 학교장 회고, 도지사 고사, 내빈 축사, 졸업생 기념품 증정, 재학생 송별사, 졸업생 답사, 고별의 노래, 교가 제창, 폐식사, 일동 경례의 순서로 진행하기로 되어 있었다.

상장 및 상품 수여의 첫 순서에서 나를 포함해 조희래, 이선구 등 21명의 학생이 우등상 수상자로 호명되었다.

나는 어릴 때부터 눈에 다래끼가 자주 났다. 여러 날 전부터 양쪽 눈썹 밑이 가려우면서 다래끼가 났다. 지금까지 줄곧 그래 왔듯이 어른들의 말대로 얼레빗의 등을 돗자리에 세차게 문질러 화끈한 뜨거움을 다래끼에 대기를 아침저녁으로 계속해 왔다. 그런데 이번에는 그것이 조금도 통하지 않았다. 하필이면 졸업식 날

쌍다래끼가 절정을 이루었다. 두 눈이 몹시 아프면서도 가려웠다. 눈앞에 태산이 솟은 것처럼 무엇이 무엇인지 제대로 보이지를 않았다. 호명에 따라 나는 크게

"예!"

하고, 일어서 눈을 똑똑히 뜨고 앞을 주시하려 했다. 그러나 쌍다래끼는 "용용 죽겠지." 하는 식으로 아픔과 가려움을 뒤섞어 나를 놀리는 것만 같았다.

이어서 3년 개근상 시상이 있었다. 백권칠, 박건부, 임창호, 그리고 나를 포함해 61명의 수상자가 호명에 따라 자리에서 일어섰다.

3년 개근상은 나에게는 우등상 못지않게 감회가 깊었다. 이른 아침 이발소에 물을 준비해 놓고 지각을 하지 않을세라, 해의 위치와 나무 그림자의 길이를 대중 잡아 부랴부랴 등교 길을 서두르던 일, 몸이 아파도 약방 한번 찾지 못하고 휘청휘청 학교를 오가던 일, 수업료를 제때에 내지 못해 교실 밖 골마루로 교무실 옆 서무실로 불려 나가 등교 정지 예고를 몇 차례 받고서야 아슬아슬하게 등교 정지를 모면하던 일들을 겪은 뒤의 3년 개근상이었기 때문이다.

이병동, 박또갑주, 조소, 안광웅 등 62명의 3년 정근상 수여에 이어, 이철용, 박오제, 손권, 김재휘, 그리고 나를 포함해 172명의 학생이 1년 개근상을 받았다. 이병근, 오주환, 박종달, 권영웅 등

166

88명에게 1년 정근상이 수여되었다.

다음은 학도호국단 공로상 수상자 9명의 이름을 부르기 시작했다.

"운영위원장 이종근, 부운영위원장 서정배, 총무부장 강길전, 훈련부장 홍종주, 기율부장 김길성, 학예부 미술반 박정부, 도서위원장 허만길, 체육부 축구반장 박수영, 체육부 육상반 김태경."

어느새 졸업식장 안에서 나의 이름은 익숙해졌다. 나는 아프고 가렵고 거북스러운 쌍다래끼 눈을 억지로 크게 뜨면서 저절로 몸가짐이 더 겸손해짐을 느꼈다.

우등상, 개근상, 정근상 수상자는 대표자만 앞으로 나가 상장과 상품을 받았지만, 공로상 수상자는 한 학생 한 학생 앞으로 나갔다.

"도서위원장 허만길."

나의 이름을 부르자, 나는 교장선생님 앞에 섰다.

상 장

제 3학년
허 만 길

우자는 학도호국단 도서위원장으로서 본단
운영에 기여한 바 그 공적이 현저하므로 이에
상장과 상품을 수여함.

단기 4291년 3월 3일
진주중학교 학도호국단장 이 규 홍

졸업장, 우등상, 개근상 수여자는 학교장이었음에 비해, 공로상 수여자는 학도호국단장이다. 제도적으로 우리나라의 모든 중·고등학교 학생회는 학도호국단 체제에 소속되어 있었다. 각 학교 학도호국단장은 학교장이 맡았다. 진주중학교 학도호국단장은 곧 진주중학교장을 뜻했다.

나는 가로 약 55cm, 세로 약 40cm의 큰 종이에 오른편에서 왼편으로 붓글씨로 내리쓰기를 한 상장과 상품을 받고서 공손히 절을 했다. 선생님과 학생들의 손뼉이 크게 들렸다.

초대 도서위원장으로서 학교 도서관에 깊은 애정을 바치며 행복하고 유익했던 나에게 공로상이 수여되었던 것이다. 상을 받기보다는 오히려 학교와 선생님과 도서관에 고마움의 표적을 남기고 가야 할 내가 아니었던가. 우장처럼 큼직한 옷 속에서 나는 모든 것이 고마웠다.

동창회장상 시상에 이어, 상장과 상품 수여의 절정을 이루는 '학업 장려 직원상' 시상의 차례가 되었다. 모교에서 치른 최종 모의시험으로서 선생님들과 학생들이 공을 가장 많이 들인 시험인데다가 상품은 교직원들의 정성으로 마련된 것이다. 선생님들도, 학생들도 가장 영예로운 상으로 생각하는 것이 '학업 장려 직원상'이다.

긴장감이 잔뜩 감돌았다.

"학업 장려 직원상을 받을 사람. 허만길, 강길전, 허인웅."

내 이름이 가장 먼저 불렸다. '학업 장려 직원상'은 1, 2등 학생에게 주는 것이지만, 동점이 있을 경우에는 인원이 늘어나게 되므로, 3명의 학생이 상을 받게 되었다.

이름 불린 순서에 따라 내가 먼저 교장선생님 앞으로 가서 절을 했다.

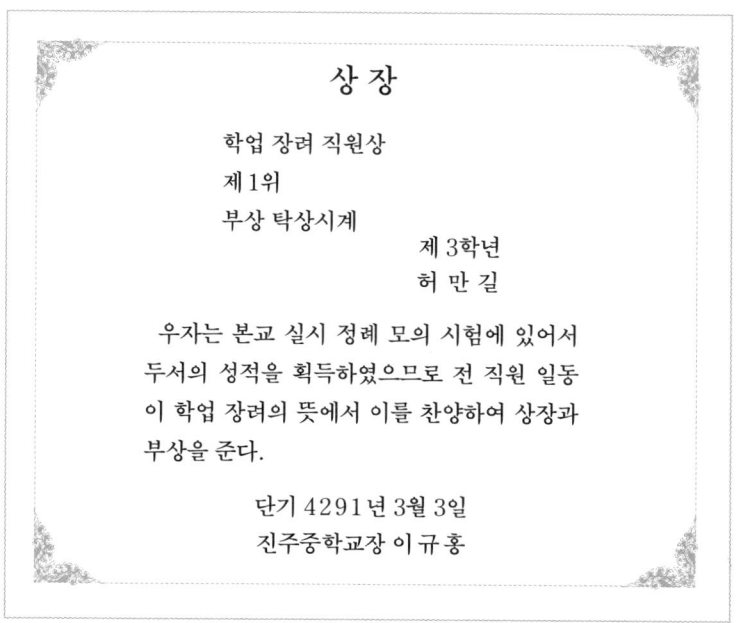

상 장

학업 장려 직원상
제1위
부상 탁상시계

제3학년
허 만 길

우자는 본교 실시 정례 모의 시험에 있어서
두서의 성적을 획득하였으므로 전 직원 일동
이 학업 장려의 뜻에서 이를 찬양하여 상장과
부상을 준다.

단기 4291년 3월 3일
진주중학교장 이 규 홍

나는 오른편에서 왼편으로 붓글씨로 내리쓴 큰 상장과 상품을 받았다.

졸업식장은 우레와 같은 박수가 오래도록 계속되었다.

다시 내 자리에 돌아와 앉을 때는 3년 전, 1955년 3월 22일 칠곡국민학교 졸업식에서 개근상, 우등상, 전교 학생장으로서의 공로상, 의령 교육감상을 받던 감격이 떠오르기도 했다.

졸업식이 끝나고, 학생들은 담임선생님과 급우들과의 긴 고별을 위해 각자의 교실로 향했다. 나는 본관 3층 동쪽 끝 나의 교실로 향했다. 천 가지 만 가지 감정에 사무치며, 친구들 사이에서 묵묵히 걸었다. 발길을 옮기다 고개를 돌려 보니, 내가 자주 오르던 비봉산과 봉래동 뒷산이 이른 봄 꽃샘추위 속에서도 정오에 가까운 다사로운 햇볕을 품고서 싱긋싱긋 웃었다.

✳ 진로 고민과 인생 의문의 회오리

교실에서 중학교 마지막 학급 종례를 마쳤다. 정든 학교를 그냥 떠날 수가 없었다.

졸업장, 상장, 상품, 사진첩 등을 무겁게 한아름 안고 1, 2, 3층 골마루를 다 돌았다. 곳곳에 나의 호흡과 손때가 밴 도서관에 들렀다. 언제 되돌아와 볼지 기약할 수 없는 도서관과 나의 애끓는 헤어짐의 순간이었다. 도서관도 말을 잊고 적막할 뿐이고, 나도 말을 잊고 적막할 뿐이었다.

책상, 책, 책시렁, 벽, 조용한 허공을 손으로 어루만졌다. 젖어오는 시선으로, 몸부림 같은 몸짓으로, 무거운 상념으로 자꾸만 쓰다듬었다. 가슴이 미어져 왔다.

잠시 뒤 창밖으로 교문을 내다보았다.

두 줄로 서서 전송하는 선생님들을 뒤로하고 거의 대부분의 학생들이 교문을 뿔뿔이 빠져나간 듯했다.

　문을 닫고 3층 중앙 계단을 내려 2층 교무실에 들렀다.

　교무실에 들어서니, 교문에서 제자들을 전송하고 곧장 퇴근한 선생님도 있었지만, 아직 일을 하는 선생님도 있었다.

　나는 선생님들에게 작별 인사를 했다. 마지막으로 김종성 연구주임선생님에게로 갔다.

　"선생님."

하고, 선생님에게 인사를 드렸다.

　"어, 허 군 왔구나."

　어제까지만 해도 선생님은 나를 이름으로 불렀으나, 오늘은 '허 군'이라고 했다.

　"올 줄 알았네."

　선생님은 나를 기다렸다는 듯이 말하며 옆 의자에 앉기를 권했다.

　"허 군, 졸업을 축하하네. 나 지금 교지에 실린 조백규 선생님의 고등 고시 합격 수기를 읽고 있었네.

　허 군, 이런 길도 있네."

　선생님은 얼마 전에 나온 교지 '비봉'(飛鳳)의 한 페이지를 손가락으로 가리키며 말했다.

172

조백규 선생님은 서울의 어느 대학을 졸업하고, 1학년 때에 우리들에게 '공민' 과목을 가르쳤다. 눈이 크고 부리부리하면서도 순박한 선생님이었다. 선생님은 1년 남짓 휴직 끝에 고등 고시에 합격했다. 판사나 검사 발령을 기다리면서 우리들 3학년 '공민'을 가르쳤다. 그리고 1학년 1반 담임을 하고 있었다.

"허 군, 이런 길도 있네."라는 김종성 선생님의 말 속에는 많은 사연과 안타까움이 담겨 있었다.

내가 인문 고등학교가 아닌 사범학교로 진학하게 될 것이라는 이야기가 퍼지면서, 나는 학교 안팎에서 많은 사람들의 화제에 오르내렸다.

사범학교는 초등학교 교사를 양성하는 고등학교 과정이므로, 대학 진학의 길이 멀어지면서 초등학교 교육 외의 포부를 펼치는 데는 어려움이 있지 않을까 하는 염려 때문이었다.

순수 진로 선택 이론상으로는 사범학교 진학은 초등학교 교육에 뜻을 둔 사람들이 선택하는 것이 기본 원칙이다. 그러나 현실은 그러한 기본 원칙으로만 형성되지 못하는 수도 있었다.

대학을 나와도 직장을 제대로 못 구하고, 또 대학을 가고 싶어도 학비 조달 능력이 없는 형편에서는, 사범학교 진학은 유익한 점이 있었다.

사범학교에 재학하면 국비 장학금(관비)을 받으며 공부하게 된다. 3년 과정을 마치면 국민학교 '2급 정교사 자격증'을 받고서 국민학교 교사 근무가 보장된다는 이로움이 있었다. 그리고 교육자로서의 자질을 기르는 데 도저히 부적합한 사람이라면 몰라도 최선이 아닌 차선으로 사범학교를 택할 수도 있었다.

일생을 통해 개인의 진로는 처음 택했던 것에 수정이 없어야 한다는 절대적 법칙이 작용하는 것은 아니다. 농업에 종사하는 사람이 공업이나 상업으로 진로 수정을 할 수도 있고, 교육자가 정치가로 진로 수정을 할 수도 있고, 목사가 신부나 스님으로 진로 수정을 할 수도 있는 것이다.

그런가 하면, 사범학교에 진학하고 싶어도 사범학교 진학의 기회를 얻기란 여간 어려운 일이 아니었다.

경상남도 안에는 2개의 사범학교가 있었다. 진주시에 진주사범학교, 부산시에 부산사범학교가 있었다. 진주사범학교의 경우 한 해에 남학생 3학급, 여학생 1학급 모두 약 220명을 선발할 뿐이었다. 특차 시험으로 선발하는 사범학교 입학 시험에서는 중학교 성적 우수자들만이 지원하는데, 그래도 경쟁률이 높았던 것이다.

실지로 사범학교 진학을 결심한 학생들은 그 이전에 자신의 진로에 대해 많이 고민한다. 아무리 장차 교육자로서 사명감을 발휘해 보겠다 하더라도, 너무나 이른 나이에서부터 자신의 진로가

174

초등학교 교사라는 테두리에 한정될 염려가 있었다. 어느 시기에 이르러 진로 수정이 필요할 경우 사범학교에서 공부한 내용이 인문 고등학교에서 공부한 내용과 많이 달라 그 간격을 어떻게 극복할 수 있을 것인가가 문제될 수 있었다.

사람들 중에는 사범학교를 가리켜, 천재를 모아다가 바보로 만드는 곳이라고 극단적으로 말하는 수가 있었다. 내가 사범학교로 진학할지도 모른다는 소문이 돌면서, 나를 인문 고등학교로 권유하는 말 속에서도 이 표현은 빠지지 않았다.

나는 이미 중학교 졸업식 이전에 진주사범학교 신입생 선발 고사에 응시하여 합격을 한 상태였다. 그리고 한 울타리 안에 있는 진주고등학교에도 지원서를 냈다. 진주고등학교에는 무시험 전형에 해당되어 필기시험은 면제되고 면접시험만 치렀다. 곧 합격자 발표에 나의 이름이 오를 것임이 틀림없었다. 두 학교에 다 합격되더라도 나는 사범학교를 택할 수밖에 없다는 쪽으로 마음이 정리되고 있었지만, 착잡한 심정이었다.

그것은 결코 내가 초등학교 교사가 되는 것이 마음에 차지 않아서가 아니었다. 나는 국민학교 학생 시절이나 중학교 학생 시절이나 선생님이란 말이 참으로 존경스러웠다. 선생님의 길을 마음속으로 한없이 성스럽게 창조해 보기도 했다.

그런데 나는 어릴 때부터 적어도 내가 의식하는 한 국민학교에 들어가기 훨씬 이전 서당 시절에도 내 앞에는 자연스러우면서도 절대적으로 펼쳐질 내가 가야 할 어떤 길이 나의 내면과 나의 바깥의 큰 섭리에 의해서 나를 지키면서 맴돌고 있는 듯함을 느끼곤 했다.

그것은 어떤 운명인 것처럼 다가오기도 하고, 전생과 현세와 다음 세상과의 연결 선상에서 필연적으로 가야 할 길로 느껴지기도 했다. 그것은 나를 수수께끼 속에서 몸부림하게 하기도 하고, 신비나 불가사의나 시련으로 이끌고 보살피는 듯도 했다.

인류가 와서 머무는 이 땅의 인류는 대체 무엇을 어떻게 살아야 한담. 이 땅에서 사는 시간은 인류에게 무슨 의미를 주기 위해서이며, 이승의 저 너머 저승의 나라는 과연 있는 것일까? 있다면 그것은 이승과는 어떤 관계일까? 어린 시절부터 이런 문제들이 내게 운명처럼 휘감아 온 것을 어쩔 수 없었고, 또 기어이 이런 문제들을 풀어내야만 나는 크고 안전한 숨을 쉴 수 있을 것 같았다.

나는 인생, 우주, 죽음, 삶, 학문, 종교, 예술, 정치, 사회 등의 사색에 깊이 파묻혀 들지 않을 수 없었다.

내가 어쩔 수 없는 운명으로 가야 할 길은 있는 것이거나 없는 것이거나 추상적인 것이거나 구체적인 것이거나 절대적인 것이거나 상대적인 것이거나 모든 것의 본질적, 이상적 궁극성으로서의 진리의 추구(깨달음과 수양)와 구현이라는 말로 잠정적으로 정리되어 가고 있었다.

나는 그것을 이승의 현실을 외면하거나 도피하면서 이루어 나갈 것이 아니라, 가능한 이승이라는 현실을 충실히 살면서 이루어 나가야 한다는 것을 스스로 다짐하고 있었다.

그리고 중학교 3학년이 되어, 나는 물질의 본질이나 우주의 무한성을 과학으로 한번 파고들고 싶었다. 장차 과학자가 되어 한국 최초의 노벨상 수상자가 되어 보겠다는 포부도 지녀 보았다.

이런 현실적, 구체적 진로 희망은 장차 이공과 대학이나 자연계 대학 진학을 전제하여야 하기 때문에 대학 진학을 전제로 하지 않는 진주사범학교 진학 문제는 나를 적잖이 착잡하게 만들었다.

게다가 주위 사람들의 간곡한 인문 고등학교 진학 권유 역시 나의 마음을 상당히 소용돌이치게 했다.

그 해에 마침 진주고등학교 출신자 한 사람이 서울대학교 입학시험에 응시하여 상과 대학에 수석으로 합격하였다. 지방 소재 고등학교 출신이 서울대학교의 한 단과 대학에 수석 합격을 했다는 것은 굉장한 화제였다.

진주고등학교나 이 학교 동창회에서는 대단한 자신감 속에서 앞으로는 이 학교 출신자 중에서 서울대학교 입학시험에서 전체 수석이 나오게 할 수도 있다고들 하며, 여러 가지 대안들을 내놓았다. 그 대안들 중에 하나가 가장 가능성 있는 학생을 신입

생으로 받아들여 키우는 것이었다. 거기에 일차로 나의 이름이
올랐다.

　나의 중학교 선생님들 중 몇 분(주로 3학년 담당 선생님)은 내가 사
범학교로 진학하는 것이 안타깝다며, 내가 인문 고등학교를 졸업
할 때까지의 학비를 공동 부담하자는 이야기를 나눈 바도 있던
터였다.

　진주고등학교 신입생 선발 면접 고사에서 면접 담당 선생님이
다른 학생들에게는 학과 공부와 관련된 질문을 했으면서도, 내게
는 전혀 다른 내용을 물었다. 진주사범학교와 진주고등학교 둘
다 합격할 경우 어느 학교를 택하겠는가를 물었다.

　내가 좀 더 생각해 볼 문제라고 하자, 면접관은 다시 물었다. 진
주고등학교 재학 중에 수업료를 전액 면제해 주고, 대학 학비까
지 동창회에서 부담해 주더라도 사범학교를 택하겠는가고 물었
다. 서울대학교에 수석으로 합격하면 더할 나위 없겠지만 그렇지
않고 그냥 합격만 하더라도 진주고등학교 동창회에서 대학 등록
금을 부담하기로 했으니, 진주고등학교로 진학해 달라고 했다.

　나는 말씀은 너무 고맙지만, 내가 진주고등학교를 택한다면 그
것은 학비 도움 때문이 아니고 나의 의지 때문일 것이라고 했다.
남의 신세를 지면서까지 나의 자립심을 연약하게 만들고 싶지는
않다고 했다.

인문 고등학교로 진학할 경우 수업료 외에도 들어갈 학비는 많다. 대학 공부를 서울에서 하게 된다면, 하숙비와 일반 학비가 문제될 것이다. 대학을 졸업할 때까지 앞으로 7년이나 걸리게 된다. 취업은 그 이후가 된다.

아버지의 나이는 49살이다. 경제적으로는 당장의 생계 문제도 어려운 상황이다. 이런 점들을 따지고 보면, 내가 인문 고등학교를 진학한다는 것은 무리가 아닐 수 없었다. 나의 이러한 처지를 잘 알고 있는 김종성 선생님도 나에 관한 많은 생각을 하였기에 졸업이라는 뜻 깊은 날에 "허 군, 이런 길도 있네."라는 의미 있는 말을 하였던 것이다.

"허 군, 이런 길도 있네."라는 말에는 바로 사범학교로 진학하더라도, 고등 고시 공부를 통해 사회적으로 큰 뜻을 펼쳐 보라는 의미가 들어 있었던 것이다.

내가 고등 고시 공부를 통해 판검사가 되기를 바라는 충고는 김 선생님에게서 처음 듣는 바가 아니었다. 국민학교 때부터 친척이나 동네 사람으로부터 많이 듣던 충고였다. 사람들은 김춘광 지은 '검사와 여 선생' (신파극, 희곡, 소설, 영화)의 이야기를 들어 가며, 나에게 고등 고시 공부를 권하였던 것이다.

"생각해 보겠습니다."

나는 김 선생님의 깊은 마음에서 우러나온 말을 가슴에 담으며 대답했다.

"그래, 잘 생각해 보게. 그리고 이것은 연구부 선생님들이 허 군의 그 성실한 모습에 감동하고서 졸업 선물로 준비한 책이 네."

김 선생님은 하얀 모조지로 포장한 "축 졸업"이라 쓰인 두툼한 것을 내밀며 말했다.

나는 선생님들이 너무 고마웠다. 의자에서 일어서 허리 굽혀 절하며 선물을 받았다.

✳ 열네 살 푸른 가슴

학교의 두 교문 중 동쪽 교문(옆문)으로 발길을 떼어놓을 때는 다른 모든 학생들이 학교를 떠난 한참 뒤였다. 건물과 운동장을 되돌아보면서 담장을 끼고 묵묵히 집을 향했다. 가끔씩 양팔 가득 안은 것을 추스리며 학교의 담장 안에 줄지어 치솟아 섰는 플라타너스에 시선을 멈추곤 했다.

조그만 다리를 건너고 주막집을 지나, 동네 안으로 들어섰다. 아주머니들이 나에게 찬사를 보냈다. 비탈 골목에서 햇볕을 받던 아주머니, 할머니들이 얼른 내려와 나를 따라 판자 대문을 들어섰다.

한 사람 앉을까 말까 한 방문 앞 마루에 모든 것을 내려놓았다. 여동생이 좋아하며 졸업장, 상장, 상품을 가닥가닥 나누었다. 3년 개근상과 우등상으로 받은 놋그릇 식기 두 벌과 공로상으로 받은 사진첩을 어머니가 어루만지며 들어 보였다. 동네 사람들이 다투어 돌려보았다. 집주인 아주머니가 경사났다며 지나가는 사람들을 불러들였다.

상자를 열자 번쩍번쩍한 황금색 탁상시계가 나왔다. 시계판 꽃무늬가 밖으로 퍼져 나갔다가 안으로 모여 들었다 하는 모습이 기분 좋게 벙긋벙긋 웃는 것 같았다. 주인을 처음 만나는 상냥하고 명랑하고 행복한 표정이었다. 큰 시계방에서나 겨우 구경할 수 있는 '해바라기 시계' 였다.

"야아, 홍콩제 해바라기 시계다!"

모두들 입을 벌렸다. 어머니도 벙긋벙긋 웃는 시계판 꽃무늬처럼 기분 좋아했다. 워낙 귀해 보이고 찬란해, 차마 아무도 그것을 들지는 못하고 마루에 놓은 채 이리저리 새아씨 옷맵시 구경하듯 고개를 갸웃갸웃했다.

내가 시계의 뒷모습을 보였다. 황금색 바탕에 까만 글씨로 '학업 장려 직원상' 이라 분명히 쓰고, 그 아래 '진주중학교' 의 약자인 'ㅈ.ㅈ.ㅈ' 을 반듯반듯하게 적어 두었다.

여동생은 우리 집에도 이제는 시계가 생겼다는 생각으로 흐뭇해했다. 나도 속으로는 이제는 해가 보이지 않는 구름 낀 날에도 지금은 몇 시쯤일까 하고 궁금해하지 않게 될 것이 다행스러웠다.

연구부 선생님들이 별도로 돈을 모아 마련한 선물인 책의 포장을 뜯었다. 두꺼운 감색 표지에 덮개꺼풀을 씌운 값진 책이었다. 'AN OUTLINE OF ENGLISH SYNTAX' 라는 영문 표제 아래 '구문 · 도해 영어 구문론' 이라고 쓴 책이었다. 표지를 열었다. 하얀 면지에 붓글씨로 다음과 같이 글이 씌어 있었다.

축
졸 업

허만길 군의 성실한 인간성을 이 책자로써 기림.
단기 4291년 3월 3일
진주중학교 연구부 일동

모인 사람들은 이 글귀를 새겨 읽으면서, 나를 바라보곤 했다. 글을 못 읽는 분도 있는지라, 뒷집 아주머니가 크게 읽어 보이자, 다들 고개를 끄덕이었다.

이 책은 단기 4290년(1957년) 8월 20일 '경문사' 발행으로서 서울대학교 유진 교수가 지은 수정 11판이었다. 초판은 단기 4287년(1954년) 12월 17일자로 발행되었다. '정가 상하 합본 : 2600환' 이라 한 점으로 보아, 처음에는 '상', '하' 두 권으로 되었음을 알 수 있었다. 본문 708쪽, index(찾아보기) 9쪽으로 된 많은 분량의 영어 연구서였다.

저녁에 이 모든 것을 본 아버지도 기분이 좋았다. 다른 때 같으면 어떤 상을 받아 와도, 칭찬보다는 상을 받았다 해서 게으르고 교만할까 걱정이라며 야단을 빠뜨리지 않던 아버지였다.

그날 저녁 우리 가족은 밤이 깊도록 해바라기 시계를 신기하게 바라보며 피로를 잊었다. 나무궤짝 책상 위에서 빙글빙글 웃으며 꽃무늬 재롱을 피웠다. 이 귀여운 재롱둥이는 1961년 봄, 내가 초등학교 교사로 발령받아 부산으로 간 직후 도난당할 때까지 우리 가족에게는 큰 위안이며 행복이었다.

진주사범학교, 진주고등학교 중 결국 나는 진주사범학교로 진학할 도리밖에 없었다.

4월 초에 있게 되는 진주사범학교 입학식 때까지는 한 달 가까이 남았다. 그런데 나에게는 졸업식 이전부터 강렬하게 나에게로 돌진해 온 것이 있었다. 그것은 나를 한없이 허전하게 하고, 한없이 공허하게 하고, 한없이 초조하게 하는 그 자체였다. 무엇으로 허전하지 않을 것이며, 무엇으로 텅 비지 않을 것이며, 무엇으로 초조하지 않을 것인가?

봄은 성큼성큼 조금씩 진하게 다가오는데, 왜 봄을 환하게 맞이하지 못하고 봄의 주위를 맴돌기만 하는가? 하늘도 구름도 왜 말은 없고 나를 바라만 보는 것일까? 무엇인가를 찾아야 하는데, 무엇을 찾아야 하며, 어디로 헤매야 하는가? 무엇이 나를 끝없는 방황으로 이끄는 것인가? 무한하고 거룩하다는 것은 무엇인가? 깨달음과 수양과 성스러움과 빛의 길은 구체적으로 어디인가, 무엇인가?

책 속에서 무엇을 찾을 수도 없다. 아니, 지금은 책이 산더미처럼 곁에 쌓였다 할지라도, 이 허전, 이 공허, 이 초조를 해결하지는 못하리라.

알아야 하고, 접해야 하고, 얻어야 할 것도 너무 많다. 행동해야 하고, 사색해야 하고, 머물러야 하고, 쏜살같이 달려야 할 것도 너무 많다. 바람 소리에만 귀를 기울여서도 안 된다. 별빛을 타고 은하수에 닿으려는 올빼미의 고독한 외침을 함께 몸부림할 줄도 알아야 한다. 우주의 가장 깊은 곳을 느끼고, 하늘의 가장 높은 곳을 만지고, 하잘것없다고들 하는 먼지 하나하나의 미세한 본질에도 애정을 기울여야 한다. 어쨌든 모든 것을 꿰뚫는 가장 심오한 진리를 껴안아야 한다. 바깥에서만 찾으려 해서도 안 되고, 안으로 나를 탐구하는 데 소홀해서도 안 된다.

나는 졸업식 다음 날 불현듯 한 친구를 찾았다. 그는 중학교 3년 동안 줄곧 나와 같은 반이었다. 그는 운동을 좋아했다. 권투 도장에 오래 다녔으며, 태권도를 상당히 단련했다. 나는 그 친구에게서 권투를 배우기로 했다.

매일 두 시간씩 단련했다. 나를 가르치는 친구에게는 단순한 운동이었을지 모르지만, 나에게는 몸과 마음을 이해하고 탐구하려는 몸부림이었다.

오후 두세 시쯤이면 친구의 집 넓은 빈 마당에서 숨을 헐떡이며 구슬땀을 흘렸다. 처음에는 삼각형을 마당에 그리고, 왼발을 삼각형 앞꼭지에, 오른발을 삼각형의 뒤꼭지에 놓고서 윗몸을 약간 구부린 자세에서 왼쪽 주먹질을 몇 번 하다가 오른쪽 주먹을 힘껏 뻗치는 연습을 했다. 시선은 상대방을 놓치지 않고, 두 팔이 아래로 처지지 않도록 제 높이를 유지하면서 계속 주먹질을 했다. 다음에는 두 선을 나란히 그려놓고 앞으로 뒤로 걷듯이 하며 주먹질을 했다. 그것이 어느 정도 익숙해지자, 껑충껑충 뛰면서 앞, 뒤, 옆으로 자유자재로 움직이며 주먹질을 했다.

정권을 단련하기 위해 모래자루를 쳤다. 동작의 민첩을 기르기 위해 펀치볼을 쳤다. 스트레이트, 훅, 어퍼컷, 받아치기 등 공격 기술을 익혔다. 블로킹, 스토핑 등 방어 기술을 익혔다. 글러브를 끼고 거의 매일 코피를 흘리며 몸과 마음을 알고자 했다. 권투 능력을 기르기 위해서라기보다는 이것이 몸과 마음을 알 수 있는 한 방편이 될까 하는 탐색이었다. 집에서는 아침저녁으로 역기, 아령, 곤봉, 줄넘기로 체력을 쌓았다.

186

앞을 알기 위해서는 지난날을 되돌아보는 되새김도 필요할 것 같았다.

자주 뒷산 꼭대기에 올라 희미하게 높게 솟은 고향의 자굴산을 바라보았다. 그 아래 평지 마을 나의 어린 시절이 뛰놀고 있을 정든 집을 둘러싼 온갖 일들을 회상했다. 가슴속에 무수히 감추어졌던 행복했던 일, 고달팠던 일, 수수께끼처럼 신비로웠던 일들이 한 오락 한 오락 모락모락 솟구치면서도 어떤 해답의 실마리는 결코 그 자취를 쉽게 내 보이지 않았다.

도시로 나온 3년의 흔적을 되돌아보기도 했다. 지금 살고 있는 집으로 이사 오기 이전의 정착지들은 순례에 나선 나그네의 이정표 같은 것이었을까? 객지에서 살던 집들을 찾으며 사색의 실마리를 끌어내 보려고도 했다.

옛 살던 곳만 배회한 것이 아니었다. 밤길을, 낮길을 이리저리 헤매기도 하고, 생선내와 사람내가 뒤엉킨 시장 길과 좁고 긴 이 구석 저 구석의 낯선 골목길을 헤치기도 하면서 사색의 몸부림을 가누지 못했다.

비봉산에 올라 신선처럼 유유히 떠 있는 조각구름을 마냥 바라보기도 했다. 해묵은 나무에 돋아나는 어린순과 아른아른 피어오르는 아지랑이를 천천히 다가가기도 했다.

조선 태조 이성계가 등극한 뒤에 진주에서 인물이 많이 나오는

지라, 이성계는 그것이 싫어 무학 대사로 하여금 이 지역을 살피게 했다. 무학 대사가 와서 보니, 비봉산의 기운이 놀라운지라, 그는 곧 비봉산의 지맥을 끊기로 했다. '비봉산'의 원래 이름은 '대봉산'('대봉'은 큰 봉황새를 말함)이었다. 이 지역에서 훌륭한 인물이 많이 나와 세도를 부리는 것은 대봉산 정기 때문이라고 생각했다. 그래서 '대봉산'(大鳳山) 대신에 봉황이 날아갔다는 뜻의 '비봉산'(飛鳳山)으로 부르게 했다.

나는 이 비봉산 꼭대기에서 내 호흡으로 홀홀 날아드는 봉황을 품으며 끝없는 사색의 나래를 펼쳤다. 남쪽 기슭에는 정몽주가 머물면서 시를 남긴 것을 기념하기 위해 세운 '비봉루'가 있었다. 나무 숲 사이의 좁은 오솔길을 따라 팔각지붕의 이층 다락집인 이곳에서 역사란 무엇이며 세속의 야망이란 무엇인가를 상념하기도 하였다.

남강, 여인의 허리처럼 아름답고 오월 꽃사슴 풀잎먹이처럼 푸르른 남강. 시가지 중앙을 동서로 흘러 남과 북을 더욱 애틋하게 사모하도록 하는 언제나 모자람과 넉넉함을 함께 지닌 남강. 나는 이미 진주에 온 첫해에 한더위를 잊으려 한쪽에서 빨래하는 여인들의 눈길을 슬슬 살피며 알몸으로 친해 버리지 않았던가.

남강은 수많은 하얀 모래알 귀를 열고 나의 발자국을 얼마나 사랑했던가. 한가로운 한낮에도 달 밝은 저녁에도 남강 둑 계단을 오르고, 공원을 거닐지 않았던가. 촉석루 벼랑을 내리고, 저만큼 물 위에 세모시 옷자락처럼 가볍게 떠 있는 논개의 영원한 동반자인 의암을 정답게 바라보며, 나는 말없는 말을 얼마나 많이 주고받았던가.

진주 열두 경치의 제일경이 '촉석임강'(矗石臨江 : 촉석루 그림자가 잠긴 강물 위에 두둥실 떠 있는 흰 구름과 노니는 물새들의 정경), 제이경이 '의암낙화'(義巖落花 : 논개가 왜장을 껴안고 순절한 의암 바위 위에 춘삼월 꽃잎이 날려 너울거리는 경치)인데, 나는 이 화사하고도 서러운 정서를 남강 물에 떠우며 남강을 관조하고 나를 관조하려고 애썼다.

의곡사 절을 찾아 대웅전에도 들르고, 대웅전 바깥 벽면의 그림도 살폈다. 스님들의 식사 모습을 비롯 일상생활도 유심히 바라보았다. 옥봉동 산기슭에 자리한 진주 성당에 들러 예수의 고난사 벽화를 음미했다. 성당을 드나드는 신도들의 발걸음의 의미를 생각했다. 개신교의 교회에 들어가 엎드려 소리하고 눈물 흘리며 기도하는 사람들의 경지와 그들이 교회 바깥에서 살아가는 현실의 경지를 연결시켜 보려고 애썼다.

그리고 이들 갖가지 종교의 본모습, 종교 간의 내면적 공통성 및 차이성, 특정 종교에 소속된 사람들의 삶의 독특성과 다른 종교를 바라보는 생각들을 그려 보았다. 종교적 갈등이 일어나는 경우는 무엇 때문일까를 크게 고민했다.

1958년 3월 중순. 열네 살 가슴은 고민으로만 멈추어 있을 수는 없었다. 열네 살 가슴은 현재를 살며 미래를 바라보는 정열이 푸르게 불탔다. 현실을 살며 진리와 이상을 추구하고 구현하려는 갈망이 푸르게 벅차올랐다. 열네 살 가슴을 숨김없이 열어젖히고, 무한한 우주와 무한한 미지의 근원을 찾아 밝히기 위해 푸르게 달려가야 했다.

10대의 그날들

몰래 불타는 가슴 아침 해는 알아줄까,
새벽 안개 헤치며 산등성이 올랐어요.
루비보다 영롱한 햇살 상쾌는 하나,
정열도 아픔도 가눌 길은 없어
풀잎 이슬 볼 부비며 날 달랠밖에.
소나기, 소나기, 소나기는 어디메.

몰래 애타는 마음 노을은 알아줄까,
파란 풀밭 석양 혼자서 걸었어요.
겉으로 타드는 저녁놀 시원은 하나,
젊음도 고독도 재울 길은 없어
어둠 속 밀어 찾아 날 헤맬밖에.
소나기, 소나기, 소나기는 어디메.

열네 살 가슴은 현재를 살며 미래를 바라보는 정열이 푸르게 불탔다. 현실을 살며 진리와 이상을 추구하고 구현하려는 갈망이 푸르게 벅차올랐다. 열네 살 가슴을 숨김없이 열어젖히고, 무한한 우주와 무한한 미지의 근원을 찾아 밝히기 위해 푸르게 달려가야 했다. _ 머리말 중에서